舞會

蔡文甫 著

目錄

005 驀然回首——寫在《舞會》重排新版之前
007 斜分的方塊
032 保　密
047 寒流中的暖流
061 狂亂的樂曲
079 前妻的震盪
088 感情陷阱
101 一根繩子
113 少年早識愁滋味
125 成長的代價
162 舞　會
199 芒果樹下
216 暴風雨中的愛情
229 特載
既「新」而又不怪異的作品　符兆祥
233 蔡文甫作品一覽表

驀然回首

——寫在《舞會》重排新版之前

有人說，要扼殺一個作者的創作能力，最有效的方法，就是讓他去當編輯。因為在不斷地看稿、刪稿、退稿中，絕對會侵蝕掉靈感，堵塞掉創作的泉源，使一個創作者日漸眼高手低，成為一個編政人員——編「匠」。

自民國六十年七月主持中華副刊編務後，我手上那枝寫小說的筆便停頓下來，換上了編改文稿的紅筆。這些年，也曾多次想重作馮婦再寫點什麼；卻總是筆不從心，難以成文。加上工作忙、瑣事多、雜務纏身，很難定下心來構思，便也藉此原諒了自己。

近來翻閱昔日舊作，赫然驚覺年輕時的豐沛創作量。展讀之際，竟有既陌生又熟悉的感覺，恍如剛開始練習寫作時之遙遠，又有著難以掩抑的喜悅。每篇作品都鐫刻著執筆時的心境、理念，以及對文學的熱愛，連帶地勾引起許多回憶，讀之竟如回到年輕時的脈動。

書中十二個短篇小說，皆成文於民國五十五年左右；以今天的目光來看，有些人物的服裝、習性、行為或態度縱或有所不同；但是作品所傳達的感情、人性卻是一樣的。小說寫的是普遍性、永久性的人與事；尤其重要的是，它必須寫出人性中的共同感情，唯其如此，才是永恆的文學。

本書於民國六十五年五月，由華欣文化事業中心出版，今將此書訂正後，重新排印，一作激勵，一作紀念；希望新舊讀友能欣賞、喜悅。

斜分的方塊

女友

紫褐色計程車，震顫地駛在光滑的柏油路上，像我的血液在血管裡奔流。樹木、村莊、田野以及橫倒著、矗立著的市招在眼前一一滑過，耳中聽到車窗外「嘶嘶」的氣流聲，又響又急的喇叭聲。但我仍嫌速度太慢。眼睛瞪住腕錶，嘴裡喃喃地喊著：

「快！再快。」

五點正，汽車抖了一下停住。我看到「銀龍飯店」的黑地金字招牌，更看到從窗口斜伸的竹竿，掛著一長串鞭炮。心底吐了一口氣，我終於及時趕上了。

打開車門，腳踏著滿是紅、黃色的鞭炮紙屑；鼻頭嗅到辛辣的火藥味。

余芙莉的動作也很伶俐，她已從另一個車門滑出。我把手皮包遞給她付車錢，便直向飯店門口衝去。紅得發黃的夕陽，掃在斜放著「黃孫府喜事」的紅紙牌上，顯得孤單而又傲慢。芙莉趕到我家報告的消息完全正確。我的心彷彿被利刃挖了一個洞，洞口正噴射著熱呼呼的紫血。

門口站著兩個掛紅條的男士，笑嘻嘻地迎向我。我斜著身子滑過他們。門旁有一位頭髮披到腰際的女孩子，擎起毛筆，要我簽名。

我搖搖右手。「對不起，我沒有時間。我立刻要見新郎。」

長髮女郎說：「新郎更忙，更沒有時間。」

我還沒法辨別她講的是真話，還是諷刺，芙莉已從身後抓著我的臂膀向前推擠。

「快！到新娘休息室去。」她吼叫著。

新娘休息室在禮堂右側。跨了兩步，就聽到禮堂內人聲喧嚷，小喇叭嗚啦嗚啦，洋鼓叮噹噹，節拍又快又短。我突地感到心被懸在半空，氣息喘急。還好，不是婚禮進行曲。略偏轉頭，便見到禮堂內翻滾的人潮，「囍」的霓虹燈，金字的紅喜幛，在眼前滴溜溜旋轉。耳中又響起汽車喇叭聲和車輪的滾動聲。我彷彿是在夢中，隨著金黃色的雲霧飄蕩。

芙莉緊緊抓著我，終於擠進新娘休息室。我第一眼就瞥見穿白色禮服的新娘，對著木板屏風上長方鏡，整理髮頂上的皇冠。剎那間，我覺得鼻腔酸軟，眼眶潤濕，喉頭的氣息嘟嘟地上下滾動。我按捺不住自己的情緒，忽然想要放聲大哭。

現在怎是哭泣的時候！

眼珠一滑，便見到胸前佩大紅花，右手抓白手套的新郎，正凝神看新娘搔首弄姿。那副饕餮的樣子，像要把新娘吞入腹中。我覺得水泥地發軟，腳步像陷在流沙裡，再無法舉足前進。

幸虧余芙莉拍拍我的肩膀，使我從半癱瘓狀態振作起來，拔出全身的力氣，搶到新郎面前，本想抓住新郎的領帶——也可能想抓破他那白皙的臉皮；但他的脖頸一扭，雙手只扯住他的右肩。這時我才承認他比我高大半個頭。

我大聲尖叫：「黃得森，你幹的好事。瞞著我，偷和別人結婚——」

新娘休息室大亂。鼓聲、喇叭聲都聽不見了，只覺得滿屋的金星跳躍。立刻有好幾隻手拖我，扯我的膀臂。高跟鞋踢躂踢躂，濃郁的香水味、唇膏味、頭髮的膠水味，全是女人世界。

我兩手抓住新郎不放。

新娘說：「嚇死我了！」

一個破嗓子女人大嚷：「是怎麼一回事？趕快報警，快嘛！」

另一個綿軟軟的聲音：「是不是瘋子？」

「……」

吱吱喳喳，像沒有指揮的樂隊在演奏，突地冒出粗壯的男聲：「請這位小姐先放手，有話慢慢談。」

芙莉仍緊挨著我。我們互相用目示意，好像她在告訴我不要讓步。

我身體略一挪移，便站在黃得森對面，見他低垂著頭，沒有抗拒或是掙脫的意思，那種服從命運安排的軟弱，更激怒了我。我大聲斥責：「你這樣做，有沒有想到過我？」

新郎畏縮地說：「我沒有辦法。」

「他們捆了你的手？縛了你的腳？你以前怎麼說的？」

黃得森眉毛皺了皺，兩隻腳不安地移動著。我用力瞪住他在燈光下發白的臉龐。他像無言地接受指責，也像咀嚼著他自己講過的誓言……

長堤向無垠的黑暗伸展延長，冷風撕裂著我單薄的衣裙。他用大衣裹住我，我覺得整個宇宙是明亮的、溫暖的。他說：「爸爸反對沒有關係，全世界的人反對也沒有關係。只要我們兩個人的心緊緊連在一起，就永遠不會分離。」

我用胳膊箍緊了他的腰幹，表示我對他的信任和感激，「你不會向威勢低頭？」

「妳不覺得我這人有傲骨？任何事都可以接受父親的安排；唯有終身大事，關係我一生幸福，絕不委曲求全。妳等著瞧好了！」

我等著瞧他站在這兒當新郎？如果不是親眼見到，我真不相信這是事實。余芙莉告訴我說，今天下午五時他們結婚，我還罵她是胡說。芙莉拿出他們結婚的喜帖，我趕著坐計程車來這兒，才看到他這種縮著脖頸，等天塌下的窩囊相。

他的話仍熱烘烘地塞在耳朵裡；怎麼一下子就做新郎，準備上禮堂、鑽洞房？

新郎兩手絞扭著手套，結結巴巴地說：「妳不該到這兒來的，我會慢慢告訴妳——」

如果我生長在外國，或者是一個本性潑辣的女人，定要伸手給他兩記響亮的耳光，做他欺騙我的代價。可是，當著那麼多人，我只能把憤怒加入聲調中怒吼：「你現在還要欺侮我！難道要等你生了三個娃娃——」

新郎滿臉骯髒的表情，像塗了一層黑色的釉彩，腦袋瓜子亂搖晃。「不是，不是這個意思。妳饒了我吧，我現在說不清。」

有兩個高大強壯的男人，一人拖住我一隻胳膊，連連地說：「小姐，請妳出去。我們到外面好好談。」

我的身體像沒有重心，馬上就要失去優勢了。

芙莉銳聲大叫：「你們不應該使用武力，要講道理。你們拖她出去幹什麼？」

「我們出去講道理。」

「你們拉她出去，好讓新郎舉行婚禮？」芙莉仍高聲叫嚷。「我告訴你們，做不到！新郎要和我們一起出去講道理！」

「好，新郎也出去。」

我雙手放開黃得森，橫跨兩步，擠在新娘面前。新娘正愣在一旁，兩臂圈在自己胸前，不知是怕得發抖還是凍得發抖。

我說：「新娘！我來打擾妳的婚禮，很抱歉。不過，我要告訴妳：黃得森早就該和我結婚了。他說他愛我，同時我也很愛他。我不知道妳為什麼還要嫁給他？」

新娘的臉龐露出紅霞，舉起雙手抹下皇冠，擲在擺滿皮包、大衣的沙發上，扭轉身體，背對著我，狠狠地說：「我不和妳說話！」

「新娘，妳不必氣我、惱我，應該感謝我。如果妳和他結婚了，只有婚姻，沒有愛情，這一輩子怎麼過？」

新娘細細的腰幹又一扭，蓬鬆的白色禮服，起了一個很大的波浪，屋中的燈光像也跟著那浪花閃爍。她說：「妳管不著！」

我伸右手拍她的肩頭。摸著潔白的禮服，心中升起又羨慕、又妒忌的迷惘心情。我用警告的語氣說：「新娘，妳不要賭氣！婚姻不是兒戲，更不該賭氣。」

大家擁著我向外走。新郎雖走在我的前面，但我仍示意芙莉留在新娘旁邊。萬一他們用「調虎離山」計，還有芙莉可以阻止婚禮進行；她也可以隨時通知我前往禮堂。

我被擁進禮堂左側的小房間。這裡和「新娘休息室」的大小和布置都是一樣。只是塞滿另一批男男女女。

有一個頭髮灰白的老頭，傴僂著腰走到我的面前，西裝後領離腦勺有一大段距離。他自我介紹地說：「我是新郎的娘舅，請問貴姓？」

我想，這是老長輩和我講理的了。我努嘴指向新郎。「關於我的一切，您問他。」

新郎接口道：「她叫金薇芝，是我的同學，也是朋友，我老早就跟舅舅說過……」

舅舅搶著說：「噢！金小姐。妳來參觀婚禮，我們非常歡迎，可是……」

不對。這位舅父利用說話的技巧來套我。我連忙辯正：「我不是來參觀婚禮。我和新郎有婚約，我是趕來和他結婚的。」

舅舅說：「金小姐，妳不能這樣說。這兒的新娘是憑『父母之命，媒妁之言』，是新郎用花轎……不，是用汽車接來的。妳……妳是怎麼來的？」

老人家的話確是很厲害。他彷彿也很欣賞自己的口才，搖晃著腦袋盯住我，像希望我在他的猛烈攻擊下撤退。

我怎麼能撤退呢？儘管現在我手無寸鐵，但我有和黃得森四年的感情，還有，啊，還有我們的孩子，我為什麼不告訴黃得森？他現在一定不知道這事實，所以才闖了這樣大禍，我想到這兒打了一個冷顫，我不能徬徨、退避。為了愛情、名譽和孩子，我都得鼓起勇氣作戰。

「現在的時代不同了。」我堅定地說：「婚姻大事，必須雙方願意。您應該問問新郎，他願意不願意和那個新娘結婚。」

「當然願意。不願意，他會坐著汽車去把新娘接來？」

我猛地倒在一張沙發上，雙手掩著臉。這句話真把我擊倒了。黃得森一定是個愛情大騙子。他在我面前，裝成小心翼翼，百依百順。離開我就攪出這種大花樣，結婚並不是一朝一夕的事，要經過相親、來往、訂婚、送聘禮等等手續。如果他不願意，這些事怎麼能做得成？

忙把手挪開，看向臉龐一會兒發青、一會兒發紫的新郎。他胸花的花瓣，顯出褪落的殘紅，沒有鮮豔的色澤了。

「你說啊！」我用力叫喊。「現在是你表示意見的時候了！」

新郎手中的手套，已絞扭成一團。嘴巴張得大大的，像等待骨頭拋進口中的狼狗。結巴了一陣才說：「我是不……不……反對……」

舅舅把他身旁的一個老人拉了一把，像故意攔住了黃得森的話頭。他說：「這是新郎的父親。」

我想站起身，但兩腿軟弱，掙扎了一下又倒在沙發上。過去我很想見見黃得森的父親、弟弟和妹妹，但他說，他父親不要見他的女朋友，老人家的腦筋很守舊，也不願意他有女同學上門。他說，他會慢慢勸告父親，影響父親，將來總有見面的一天。怎料到在此時此地見面。

我欠了欠身子，向他微微點頭。覺得不大好稱呼。是叫老伯？還是叫爸爸？父親咳了一聲，像藉此表達他的尊嚴和身分。胸前掛的「主婚人」綢條，也頻頻顫動，更覺氣派不凡。他的下顎迎上前，像要現出一點笑意。「我們是個古老的家庭，一切的事，要按照傳統的規矩。兒女的婚姻，向來都由父母做主。父母認為合適，就不問兒女願意不願意。」

我真想問問他：是為兒子討太太？還是為父母討媳婦？父母喜歡了，兒子不喜歡該怎麼辦？

到舌尖的話還是忍住了。將來我要做他的兒媳，怎能未進門就得罪人。

我只好柔弱地問：「您不怕鬧出家庭悲劇？」

「怎麼會呢？」老人得意地笑出聲。「我是這樣結婚的。孩子的祖父、曾祖父……代代如此。先有婚姻，然後才有——」老人停頓一下，像噎了很大的一口氣。「才有子子、孫孫。」

我覺得遺憾：老人為什麼不說「先有婚姻，才有愛情」？是年紀大了，說不出口，還是根本就沒有體驗過那種情感？能拿生育子子孫孫代表「愛情」？根據書上的統計，大多數的婚姻生活裡是沒有愛情的。

「您府上過去的婚姻，我沒資格評論。」我堅守著自己的據點。「但我和黃得森有了山盟海誓，我一定要嫁給他！」

娘舅搶著說：「那個黃家接來的新娘呢？怎麼辦？」

父親說：「這麼多參觀婚禮的親友呢？我怎麼向他們交代？」

我感到一陣快意。「那是你們自己的事，我管不著。」

新郎也學著我的語調說。「那是你們的事，我也管不著。」

我突地振奮起來，真想立刻躍起擁抱著他，吻他的眼睛、鼻子……我已獲得了他的支援。只要他和我站在一條戰線，不論多艱苦的戰鬥，我也不害怕、不退縮。以往他雖有不少過錯，想瞞著我偷偷地結婚；但一下子我就原諒他了。

父親的兩隻眼睛瞪著新郎，像兩隻掏空的胡桃殼。「你……怎麼敢說這樣的話！」

舅舅也指著新郎驚叫：「你怎能開這樣玩笑？說這樣不負責任的話！」

新郎的肩膀聳動：「我不是現在說的，老早就告訴過你們了。大家都不把我說的話當話，還能怪誰？」

舅舅拍著手掌說：「你……你是孩子氣……」他的話還沒說完，有一個又高又瘦的青年人，拉了他的膀子一把。「新娘找您。舅舅快去！」

「得海，去告訴你嫂嫂，等一下，我有要緊事。一會兒就去！」

現在我知道那年輕人，是得森的弟弟。如果早一點拜見黃家的人，今天就可以認識他們，就可獲得許多照顧和支持了。

「舅舅，不行！」得海打著手勢說。「新娘要走了哩！大家都勸不住。舅舅快去吧！」

舅舅猛地一愣，拋下了我，翻身向門外走去。我突地覺得大家的臉色都淡了一層，顯得慘白。我知道有更精采的戲要上演了。

新娘

我把皇冠戴上又脫下。做這樣新娘還有什麼意思？來參觀我婚禮的有同學、同事，還有很多親友，明天給傳出去，孫心梅結婚才笑話大哩，半路上跑出一個女人搶新郎。新郎根本不愛她，她眼睜睜地跳下火坑……話傳來傳去走了樣：新郎當天晚上就跟那女人走了。孫心梅好可憐啊……

真假不分，是非不明，我的臉面往什麼地方擱？

我對女儐相說：「請妳幫我卸裝，這禮服我不要穿了。」

她和我是同事，我們在辦公室裡對面辦公，但感情並不太好。她長得比我矮些，看起來年齡也比我大些。我怕自己的光輝被女儐相壓下去，才請她來擔任女儐相。這時，她真表現女孩子特有的尖酸的本能了。

女儐相指頭點點戳戳說：「妳怎麼能卸裝啊？脫了禮服，更不像新娘子了。」

我開始卸頭紗，不高興地說：「這樣說來，好像我要賴著做新娘；當一輩子老處女，也不嫁給黃得森！」

我眼睛一瞟，便見和那瘋子同來的那個女人，倚門站著，手摸下顎得意地冷笑。這真是一個無恥的世界，一個女孩子，自己趕到結婚禮堂，搶別人的新郎，還滿嘴的情呀、愛呀！一點不覺得害臊。她和那個不要臉的女人，不是臭味相投，怎會同出同進？事情被她們攪得這樣糟，又有什麼好笑的。

女儐相擠著鼻子說：「哎呀！這樣一來，妳不是上了人家的當了？」

我聽出她語氣中那股高興的味道，忽然之間我覺得有點恨她，真後悔為什麼要請她來當儐相了。

「上當又怎麼樣？」我嘴雖然很硬，但一會兒便看出自己比她矮些、老些。穿上禮服那股子新鮮嬌嫩，已腐蝕得陳舊、凋零了。我挖苦地說：「我也不能像別人一樣，到處去搶男人。請妳把我背後的拉鍊拉一下好嗎？」

女儐相走到我身後，左手搭在我右肩上，仍勸慰著說：「我看妳還是等一下。」

還有什麼好等的？這充滿恥辱的地方，再待下去，神經就會不正常。

屋子裡的人又慢慢多起來。她們原都跟著那個不要臉的女人去看熱鬧，現在又一個個跑回來。她們的面孔，我雖然很熟悉，但我低下頭不願看那些憐憫的目光。她們好像都在說：「孫心梅啊！妳怎會碰到這樣大的不幸，嫁這樣一個男人啊？」

女儐相不幫我拉拉鍊，我自己也摸到那個搭鈕了。拉鍊很澀，扯不動，心情太緊張了。拉鍊扯了一半，媽媽已匆促地跑到我身邊，雙手抓住我扯拉鍊的手，接著又把拉鍊拉起、扣好。

媽媽說：「孩子，別急，介紹人已找來了。我們要他賠償損失！」

聽媽媽的口氣，像是也要我回家，再不舉行婚禮。孫家的臉面算是丟盡了。在親友和鄰里中間，我們一家永遠抬不起頭來說話、走路。可是，又要介紹人賠償什麼損失？那種無形的損失是用金錢賠償得了的？

「你們和他談吧！我不要見他，我要回家！」

媽媽拍著我的肩。「孩子，怎麼能回家呢？這個場面擺在這兒，誰來收拾？」

這樁婚姻是爸爸媽媽作主的，從沒有讓我表示意見。我對黃得森認識不夠，不贊成，也不反對，就這樣糊糊塗塗，像個傀儡戲裡面的木偶，被別人用線牽著來到這兒。現在出了這樣大的岔子，臉皮被別人撕光，還要我來收拾這尷尬的場面？

我還沒有來得及回答，爸爸已和介紹人走進。他們身後還跟著一大堆男人，是看熱鬧的賓客吧？

屋子裡空氣突然很悶，我感到喘不過氣來。現在我是一齣鬧劇裡的主角。黑壓壓的一堆人，都是來看我表演的。

爸爸厲聲地對介紹人說：「你是我多年的朋友，也是新郎的娘舅。你該怎樣向我女兒交代？你說吧！」

介紹人拍著光滑的前額，像要把言語從那兒吸出似的。「請你們捺著性子等一下，我會盡量想辦法，把那女孩子勸走。婚禮照常舉行。」

我再也捺不住自己的性子了，大聲喊：「我不要舉行那個倒楣的婚禮了，我要回家。」

介紹人詫異地看著我。「妳回家怎麼辦？」

「我回家做事、上班，過自己的正常生活；再不要結什麼婚，受這窩囊氣！」

爸爸說：「你聽聽看：我女兒受了這麼大的冤屈；你這個做伯伯的，心裡覺得好不好受？」

我真有點氣爸爸。爸爸是個老實人，像個麵粉團一樣，別人把他捏成什麼樣式，就是什麼樣式，從不曉得掙扎一下，改變一下。介紹人說黃家的百貨店資本不小，生意不錯。只有兩個兒子，乾淨俐落。大兒子大學畢業，一表人材，在貿易行做事；二兒子專科學校畢業，幫助爸爸管理商店。女兒嫁給大學畢業的黃得森，還愁吃？愁穿？愁用？爸爸當時沒有考慮，就答應下來。為什麼不多打聽打聽？為什麼不讓我和他多交往交往，藉機會了解黃得森的為人和思想？父親不說，難道還要我這個做女兒的自己開口，要求和黃得森交朋友？

這時候，丟了這麼大的臉，爸爸還用這不痛不癢的話問介紹人。真想做一輩子老實人。介紹人的臉拉得很長，裝成一副哭相。「對不起，老朋友。當時，我以為門當戶對，雙方家長贊成，我想是一對美滿姻緣，沒有考慮到孩子大了，會受到時代的影響。我們的確是太老了！」

屋裡的人吱吱喳喳。我彷彿聽到禮堂內的音樂聲和喧譁聲織成一面滑稽的網，網裡緊緊捆住我和黃得森。參觀婚禮的賓客，等得不耐煩，已大罵男女雙方家長和新郎新娘。他們全知道或是全不知道新郎出了大笑話？他們是同情我、憐憫我，還是笑話我？

我倏地翻轉身軀大聲說：「爸爸！我們一道上禮堂去！」

「去做什麼？」父親臉上所表現的詫異神色，比口中說出來的要大得多。

「去告訴我們的親戚、朋友，」我抬起頭，又看到那個不顧羞恥的女人，瞇著眼對我冷笑。我生氣地說：「我們被騙婚了，請他們早點回去！」

爸爸說：「我不能去，我丟不起這個臉。沒有到完全絕望的時候，我不想這樣做！」

我真不知道爸爸還存什麼希望？攪到這樣的地步，還希望我去和那姓黃的男人走上結婚禮堂？

「爸爸，您早該絕望了。」我怒吼著。「就是那不要臉的女人走了，就是黃得森願意和我舉行婚禮，我也不和他結婚，永遠不和他結婚。這樣，您該死心了吧！」

介紹人上前一步，站在我們中間，搖擺著雙手：「不要急，慢慢來。我一定使你們……使大家下得了台……」

他的話還沒有說完，一個漂亮的年輕人，走近介紹人身旁。低聲喊：「舅舅！舅舅！我爸爸請您去有要緊的話商量。」

介紹人先是一愣，仔細打量那青年人，然後歪著頭問：「他不能等一下嗎？」

「不行，那句話非常重要。舅舅去了就會知道。」

聽說話的口氣，這年輕人是新郎的弟弟。黃得森是膿包，不負責任，看起來，他的弟弟高高瘦瘦，清清秀秀，該不會像他哥哥一樣是混球吧？

介紹人兩手一攤，雙肩一縮，做出無可奈何的樣子。但我看得出：他內心正高興有這藉口好脫身。

他說：「無論如何請你們先耐心等一下。我一會兒就來，來了就會有好的安排。」

我用不屑的目光，看著介紹人和新郎的弟弟背影在人叢中消逝。回過頭，視線在爸爸媽媽臉上掠過；他們在片刻之間，每人都像老了十歲。而我自己也覺得長大了許多。我已是一個過了時的新娘了。

弟弟

我跟在舅舅後面，擠出新娘休息室。舅舅彎腰低頭，一面走，一面咳，一面嘆氣。腳步跨大，速度加快，我和舅舅並排走著。我喊：「舅舅！舅舅！我有一句話要跟您談談。」

舅舅站住，側轉頭看著我的眼睛。「得海！你這孩子，在這時候攪什麼名堂？」他用不高興的腔調斥責我，又擺出一副老長輩的神氣和味道，好像已忘記了：剛才在闖進來的女孩子和新娘面前那種可憐兮兮的樣子。他又加了一句：「到底是你爸爸找我？還是你找我？你看我忙得還不夠，還要找我麻煩？」

我覺得好氣，又好笑。舅舅真是老糊塗。沒有把事實問清楚，就倚老賣老的亂責備人。

「是爸爸找您。」我頓了一下。「我也要找您。」

舅舅開始向前走了。「你爸爸在哪兒？」

我向大門外努努嘴。他向門外走去。我拉拉舅舅的膀子，指著禮堂的一個角落說：「我們先到那僻靜地方談一句話。」

舅舅的鼻子和眼睛湊在一起，顯出輕視和極端不滿的神色。略為遲疑了一下，仍然走到那個角落。

他站定，又退後一步，命令似地說：「快說！別吞吞吐吐。我煩透了。」

眼看著舅父惱怒的神情，我不知道話從何處說起。但在這情況下，我不能再猶豫下去。

我說：「這婚禮場面，再僵下去不行了。我想到一個辦法，不知道舅舅贊成不贊成？」

「說啊！你快說啊！」舅舅舉右手揮了一下。

看到舅舅用這樣藐視人的態度待我，真不想說內心想說的話；但現在不是賭氣的時候，應以顧全大局為主。

「哥哥的女朋友找來了，他不能和新娘舉行婚禮，聽口氣新娘也不要他。所以——」我把話頭拉長，注視著舅舅面部的表情變化，一字字慢慢地說：「我想，代替哥哥——」

「你是說，你做新郎？」

「是的。我和新娘舉行婚禮，把這僵局打開。」

舅舅兩隻眼睛睜得圓圓地瞪住我。糟了，肢體上起了輕微的戰慄。這樣荒謬的提議，定把舅舅嚇壞了。在我內心醞釀這意念時，並不覺得十分奇怪。怎麼話一出口，就覺得滑稽而又可笑。弟弟代行哥哥的「夫」權，這要影響多少人——和這婚姻變動有關的人，是怎樣想法？怎樣看法？他們不罵我是瘋子？神經病？

好了，舅舅已把那透人心肺的眼神收回。忸怩不安的感覺也似乎隱褪了些。

「好小子！」舅舅的厚厚巴掌，重重地拍在我的肩上。「你的主意想得真好。不過問題是：新娘願意嗎？」

我隨手送一頂奉承的高帽子給舅舅戴上。「有你老人家出面去說，新娘怎會不願意？」

舅舅的腦袋，搖得像「博浪鼓」，在仔細地上下打量我，像從來一直把我當孩子看待，現在第一次才發現我長大似的。

「行，行，年輕英俊，郎才女貌。」舅舅自言自語，彷彿已在準備做說客的台詞。但在他得意的剎那間，忽地伸手掌拍腦門，急急地問：「你只是『客串』一下婚禮？」

「不是客串，是正式的。婚禮過後，我們就是正式夫妻。」

舅舅用左手擤鼻涕。「你真的喜歡新娘？」

滿臉皺紋，頭上豎起一根根半寸的灰髮、白髮的舅舅，還會問我這樣的話？怎麼回答呢？新娘很美。皮膚白嫩，曲線玲瓏，面貌甜而柔媚，確是討人喜歡。但我起這樣念頭，是為了喜歡她？憐憫她？還是為了替大家解決困難，而提出虐待自我的一種犧牲？

樂隊是等得不耐煩了？怎會奏出這樣怪腔怪調的樂曲？哥哥的婚禮的確太鋪張，酒席開六十桌，這麼多賓客聚在一起，等待婚禮，怎能不喧嚷？在哥哥的女友沒有闖來吵鬧之前，我是又妒忌、又羨慕。二十八歲的大男人，還沒有「家」，還沒有結婚的希望。如果這新娘，和我按著婚禮進行曲的節拍，踏進禮堂，我便心滿意足……那時覺得自己的想法荒唐，現在竟真的成為事實。這有點像作夢？

「當然喜歡啊。」我說：「這是我自己的主張，沒有人壓迫我。我自己選擇的太太，還有不喜歡的道理？」

舅舅笑道：「你這小子倒有一套。看你年紀輕輕，想的是面面俱到。我平時真的小覷了你。你有沒有跟你爸爸媽媽提過？」

「沒有。」

「你去吧！」舅舅又重重地拍了我一下肩膀。「各方面都由我來疏通，你去準備做新郎吧！」

新郎

金薇芝的一雙眼睛，直愣愣地瞪住我胸前的大紅花和「新郎」的綢條，好像她要把心中全部怨恨，傾瀉在那標幟上面。

既然她厭惡這些，還用佩戴？我捽脫揉皺的白手套，伸雙手摘下胸花和綢帶。

房間裡外男男女女都很驚訝。金薇芝更用手指著我說：「你為什麼摘掉？心裡感到慚愧了是不是？你現在說啊！為什麼要偷偷和別人結婚？」

我怎麼說呢？舅舅和爸爸雖然先後出去了。屋子裡還有不少熟面孔。老一輩的有三姑、孫叔叔、滕媽媽……同學和朋友更多：陸大胖子、葛慶餘、陳茂德、小淘氣……他們都嘻嘻哈哈傳遞眼風，在評論我的是非長短。他們都認為我是個薄情寡恩的角色？

我右手捧動胸花，輕聲說：「我告訴妳，我是被迫的。他們逼著我相親，為我忙著訂婚、選日子、發喜帖、訂酒席。我辯論、反對都沒有用。我像隻驢子，被他們蒙起雙眼牽來拉去。我的信譽和自尊就這樣被犧牲掉！」

「騙鬼！」金薇芝猛地站起，又轉過半邊身去，脊背斜對著我，猛力坐在沙發上，翹起嘴唇說：「你說得倒好聽。起初為什麼不反對？看到別個女孩子漂亮，一喜歡，心裡就忘記東西南北了。後來，見已造成事實，在口頭上說說，只是敷衍自己的良心，哪兒是為了我？你說是不是？」

大家都不講話了，目光全集中在我和金薇芝的面龐。樂隊的鼓槌，像一記記點在我的心窩。手風琴呼呼啦啦，像有滿腔哀怨在向我傾訴。舉行婚禮的時間，經這樣一打岔，已超過很多，他們都在表示自己的不滿？

「砰」地一聲，是一枚單響的爆竹。該是等著鳴炮的人焦急了，把長串的鞭炮一粒粒拆下來單放，催促快點舉行婚禮？

可是，今天的婚禮再也無法舉行了。薇芝的話很尖銳，但只說對了一半。舅舅開始談這門親事，我沒有認真反對。大家既然那麼熱心，不能太洩他們的氣，太傷他們的心。父母和舅舅是同一個時代裡的人，他們的想法、看法雖然一致，只要我不答應，諒也不至於把那個女孩子硬塞給我——我的想法完全錯誤。他們認為我年紀輕、害臊，不堅決反對，就是同意。到了弄假成真的地步，我一次跟著一次拒絕沒有效。老人家不願意丟臉，只有犧牲兒子終身的幸福。他們絕不會想到我心中另有打算，那樣他們的臉丟得將更大，損失的將更多。

薇芝對我不了解，當著這麼多人的面嘲諷我，內心感到很不舒服，但我仍笑著對她說：「妳仍該相信我，記住我的話，我永遠是屬於妳的。」

「騙子，販賣愛情的大騙子。」薇芝的鼻翅翕動，急促地說：「你現在還用甜言蜜語騙我，想要我回去，讓你舉行婚禮是不是？」

我跺著腳發急道：「不要亂糟蹋人，我不是那個意思。妳為什麼重視那個婚禮的形式？婚禮是不是舉行都是一樣……」

「當然是一樣。」她的眼睛眨了眨，像要把我吞進肚去。「如果我在你舉行婚禮以後趕來，你更有話好說了：『生米已成熟飯』，我有什麼辦法？你說是不是？」

汗從毛孔滲出，全身像有無數根針在戳我。本來我不願把底牌翻出，看情形現在不能再隱瞞下去了。我伸手到懷中，在襯衫口袋內，摸出摺成四方的紙條遞在她手中。

我賭氣地說：「妳看看這個就知道了。」

她先是一愣，我覺得全場的人都是一愣。大家靜靜的一點聲音都沒有。薇芝裝模作樣的，翹起尖尖的小手指，慢慢打開紙條。

我忽然感到後悔，想走上前去伸手把那張紙條搶來。但太遲了，薇芝已捏著腔調，尖聲地朗誦了。

爸爸、媽媽、舅舅：

我走了。我對不起你們，我沒有按照你們的意思，去做嚴令下的犧牲者。

爲了維護你們的面子，我在舉行婚禮以後才離開，這樣我只是對不起新娘。但請你們轉告她，我走，她在精神和名譽方面，是一個很大的損失；如我不走，她將是一個更大的永遠的損失……

薇芝念到這兒猛地躍起，衝到我面前。我相信不是這麼多人在身旁，她一定要擁抱我了。

她緊張地問：「你這樣做，是為了我？」

我以為她問的是多餘的話。便冷冷地道：「不為妳，還為誰？妳現在不能再說我是騙子了吧！」

她低頭噗哧地笑。我聽出那是一種得意和勝利的笑聲。她把紙條搓成一團，笑道：「我現在後悔來這兒了。」

玻璃門一動。爸爸、舅舅還有芙莉，挨次擠進房間。

舅舅說：「金小姐，很抱歉；我來遲了一點。但是，問題全解決了。妳要新郎，新郎可以交給妳了。」

薇芝眼珠骨碌地轉動，詫異地問：「新娘呢？」

舅舅還沒有來得及回答，芙莉已搶在薇芝身旁，大聲地嚷：「新娘自己作了最佳的選擇，已答應和新郎的弟弟舉行婚禮了。」

我覺得房間內熱氣瀰漫，人聲咕嚕喧囂，腦中「嗚嗚」的喇叭聲像一把鈍刀，在慢慢地撕割我的心肺。我突地憐憫那替我犧牲的弟弟。他為了遵守「父母之命」，卻把一生的自由拋去。

我氣憤地問舅舅：「又是你老人家出的壞主意？」

舅舅搖頭道：「那是你弟弟自己選擇的。我現在已認清你們年輕人的脾氣，再不想替你們亂作主張了。」

我心裡覺得萬分高興，還沒說出自己的想法，薇芝已跑到舅舅面前，拉著舅舅的膀子問道：「我和得森，現在也可以舉行婚禮嗎？」

「這個——」舅舅望望她，再看看我，像對我們重新估價。「這個要問你們的爸爸。」

「當然可以。」爸爸立刻接著說：「一樁婚禮，兩種婚姻。既省事，又省錢，八方面都滿意，我為什麼要反對？」

我側轉臉看薇芝，在半空捉住她含著笑意的眼神，我想她已不會為沒有禮服走上禮堂，而感到寒酸了。

禮堂中的樂隊，又演奏得有板有眼了。

——原載《皇冠》雜誌

保密

「謝謝收看」的大字映現在螢光幕上，金達榮從沙發椅旁站起，上前關掉電視機。

小兒子立明大叫：「爸！下面是卡通片，我要看。」

「今兒晚上看得太久了，趕快去做功課。明天學校不是要考試？」

立明本來噘著嘴唇，彷彿未能看到心愛的節目，有點不高興；但聽到考試，便露出緊張的神情。把平時求上進、愛表現的本性顯示出來，立刻走進客廳旁的小房間。

金達榮坐回原位，從長茶几上的圓鼓形菸盒內，拔出一枝帶有濾嘴的香菸，用打火機點燃，慢慢吸著。

他太太戴老花眼鏡，在豔麗的毛衣上，釘晶亮的薄片；而大兒子立德，捧著晚報，在傘形吊燈下，凝神閱讀。大家顯得安詳、寧靜，他也感到一種心醉似的滿足。

煙圈一個接著一個噴湧在濛濛光霧下，金達榮突然大聲宣布：「我有一件重大的事，要和大家商量。」

反應最靈敏的是太太，她的目光從鏡框上緣掠過：「你又心血來潮，想投資什麼新的事業？」

這話像一枝扁鑽，從前胸刺進後胸，熱呼呼的血液似在涓涓奔流。他和友人合資建一所電池工廠，經營不善，資本全部蝕光；又獨資辦了一個小型農場，養了三百頭豬，二千隻雞，可是時運沒有降臨在他身上，眼看著豬肥了、雞大了，錢會像水一樣淌進門；但先是雞瘟，接著豬也不肯吃飼料，賺到手的錢，卻全部賠光。由於連連受到打擊，經濟狀況一直兜不轉，再提不起冒險的興趣；最起碼近來不想做其他行業，只想把自己經營的百貨店，策劃得完善些，能多招徠顧客，遠比盲目投資有利。

煙圈在半空飄浮。他搖搖頭：「今天談的與投資無關。」

立德放下報紙，若有所悟。「是談立明的讀書問題？」

到了暑假，立明就要參加升學考試，媽媽主張他去考五專，學專門技術，免得將來再為進大學擔心；哥哥認為弟弟聰明、活潑、頭腦靈活，應該去軍事學校，鍛鍊身體，創造光明的前途；而立明自己卻想進普通中學，繼續深造。這問題一直困擾著大家，都希望父親作最後的裁決。因為各人的想法和主張不同，立明的成績便像波濤一樣地翻覆、起伏。為了不影響立明的學習情緒，他不願在此刻隨便參加意見。

「現在不是作最後決定的時機，要等著看立明近來的表現……」

立明房內有書本跌落在地面的「撲通」聲，這提醒他不該讓立明聽到他的談話，連忙轉換話題。「現在要討論的是有關大家的事。」

太太仍表示不信。「大家的什麼事需要討論？」

「關係到全體的榮譽、做人處世的原則等等。」

立德站起身，連連抓搔蓬亂的髮絲。「想不出，我們一點兒都想不出。」

父親覺得已把握了全場氣氛，控制住每人的情緒，是說服別人的最好時機，馬上提出反問：「下個禮拜天，你們知道是什麼日子？」

太太用手掌摸前額，半瞑著雙目，似在苦苦思索。

大兒子反應較快，走在父親面前得意地問：「是不是奶奶的生日？」

「噓！」父親圈起嘴唇發出噓聲，並且豎起指尖指向樓上輕聲說：「奶奶也許沒睡熟，不要讓她老人家聽到。」

「你是要討論祝壽的事？」

太太也顯出恍悟的神情。

「今年是七十大壽，必須好好慶祝，大大熱鬧一下。」金達榮把捻熄的菸蒂，扔在菸灰缸中。「我想到一個難題，不容易決定，所以——」

室中沉寂無聲，可以聽到每人均勻的呼吸；他突然覺得不知從何處開始，討論自己難以決定的問題；更不知他們的態度，是贊成還是反對？反而不想急於提出討論。

太太說：「我也老早想到了，已準備一套新衣服，做生日禮物。」

「媽手上織的亮晶晶衣服，就是送給奶奶的？」

「傻孩子，老年人怎能穿這樣衣服。」媽媽的笑聲中摻著得意。「這是媽做的家庭副業，幫人家代織。做一件，算一件，賺點外快，貼補家用。」

金達榮的面龐，熱度陡地增高。自己胡亂投資的事業連連虧損，才使家中經濟周轉時，一步趕不上一步。而太太在管家、照顧店面的忙碌中，還利用時間做手工賺錢，他自己心中確有很大的歉意。尤其在他沒有說明之前，就替老人家做新衣服祝壽，如此孝順體貼，更是難得。

話已講了一半，不討論也不行了。「我們除了做新衣服之外，」金達榮咳了一聲，想使自己的腔調圓潤光滑，說出的理由更動聽、更委婉。「今年七十大壽的慶祝節目，必須擴大舉行……」

太太忙剪斷他猶豫的話絲。「你已和二叔商量過了？」

「還沒有。」

「那怎麼行。」太太喋喋發表意見。「我們的問題簡單，先要問問他們。去年為奶奶祝壽，才擺了四桌酒席。二叔雖然沒有表明負擔不起，但我看得出來，要他們拿出一半費用，他們確是費了很大的勁。今年如果擴大舉行，你更應該考慮別人的經濟環境。」

金達榮感到微微的不安。太太訴說一陣，又低首專注那堆亮晶晶的薄片中，似乎再不願和他討論這類問題，但她講的卻是事實。弟弟達富的時運，比他還要差；最初分家時，弟弟經營的米店，每年盈餘要比百貨店多。就是因為這樣，達富的膽量就愈來愈大，前幾年投資房地產，一直占上風；但和一家建築商，合資建房屋，雙方彼此信任，沒有訂定完備的契約，未建好的房屋，被颱風吹垮；而建成的房屋，由於手續沒有辦全，買主賴皮不肯付款；不到一年工夫，弟弟的資金，已被吃盡、蝕光，米店也全部賠了進去。現在只能在市場邊，擺個水果攤，勉強維持生活，哪兒有錢為母親祝壽。

「我已考慮過了。」他說：「所以先要和大家討論，決定辦法。」

但是，母子倆都不開口，實際上他們也無法插嘴，腹案雖想好，沒有提出，大家都不知道他的主張，根本就無法討論。

他又抓起菸盒，抽出菸來點燃著。「我想，」他噴出一連串煙圈。「由我們來負責籌備，不必驚動二叔。」

「你是說，全部經費由我們負擔？」

金達榮猛吸一口菸，連連點頭。

「你想到這樣做法的後果嗎？」

他還沒有去做，所以也沒去想；現在只是考慮如何達成自己的理想，根本不臆測結果如何。

現在，他只能搖頭，這樣表示很含糊，連自己也分不清是說明沒有想，還是不顧慮任何後果。

太太已拋下手中毛衣，站在他面前認真地說：「我們那樣為奶奶祝壽，花了錢，還得不到別人的諒解。」

「我不懂。」

「這有什麼難懂的？」太太豎起左拳，用右手拆下一個一個指頭。「第一、二叔會怪我們錢多氣盛；第二、親戚朋友會說我們氣量狹小，獨攬大權；第三、奶奶會認為我們存心給二叔難看，心裡不高興，把慶祝的意義全失去了。」

他沒有作聲，內心衡量太太說的話。這些都是表面的理由，而最要緊的是他們負責全部費用，太太不同意——他又能用什麼方法使她答應呢？

大女兒莉美，在前面店堂內大叫：「媽，出來一下，有客人來買東西。」

太太跨出客廳，還扭轉身鄭重警告：「一定要好好考慮，不能輕舉妄動！」

室內全是煙圈，小圈圈趕大圈圈，大圈圈套小圈圈。

立德又抓起報紙，埋首閱讀。

父親忙加阻止，「你應該表示一點意見哪！」

「爸，我想過了，這很難。不和二叔商量，我們家負擔太重；和二叔商量嘛……」

立德猶豫，似乎不想往下說，父親忙追著問：「商量了就怎麼樣？」

「二叔不同意擴大慶祝，奶奶的生日只好冷冷清清地過去了。」

這完全是正確的，立德到底長大了，分析事理，明白深刻。現在輪到他猶豫了，是把自己的計畫說清楚，還是保留一部分，留到以後再慢慢告訴大家？

房門突地一響，立明悄悄從書房內鑽出，大聲得意地說：「我已想到一個好辦法了，可算是兩全其美。」

立德表示興趣，「你說出來，大家聽聽看。」

「我們先發請帖給親戚朋友，也發一張給二叔——」

父親生氣地責問：「幹什麼？」

「請二叔也來拜壽啊。」立明抓搔著短短的髮絲，認真地說：「他看見場面很熱鬧，就會出錢——」

「少廢話！」父親厲聲阻止他說下去。「小孩子不懂事，還不快點做功課去，再亂插嘴，當心我揍你。」

立明走出客廳，父親的怒火仍未平息。年紀輕輕的孩子，怎會想到爭取金錢，他真後悔在孩子們面前討論這樣的問題。

但立德已大學畢業，在一家煤礦裡當會計，不但頭腦清楚，而且記帳的條理也很分明，可以研商大事。

「現在先要決定原則。」父親想了想，沉靜地說：「一定要擴大慶祝，至於技術問題，可以慢慢商量。」

「既然這樣，我們可以先開始準備工作；等到做得有眉目了，再去和二叔研究；如果他同意了，我們就按原步驟進行——」

「如果不同意呢？」

「那就要看——」立德的語絲像輕霧在半空飄蕩。「看媽媽的意見。」

媽媽不答應行嗎？當然不行。這原則無法打破，一定要使這祝壽喜宴做得有聲有色，不能因為少數人的歧見，而使奶奶掃興。

這樣一想，內心有了最後決定，同時也悟出一項巧妙的辦法。父親說：「你母親最識大體，一定會同意的。」

母親適時地走進，詫異地問：「我同意什麼？」

「為了祝壽的事，」父親搶著說：「我先和二叔商量，妳怎會不同意。」

「只要我們不是獨力負擔，我一定舉雙手贊成。」

兒子看了父親一眼，父親作會意狀微微點頭。於是大家決定在下個星期日的下午六時，在芳香飯店，宴請親友為祖母祝壽。分配工作時，父親是去接洽禮堂，還要和二叔討論慶祝的細節；立德負責印發請帖，布置壽堂，並且邀請同學做招待。為了要讓祖母驚喜一下，一切工作均祕密進行；到了當天才送上新衣，報告籌備經過。

電視機打開後，母子二人沉浸在熱鬧的節目裡，而金達榮又燃起一枝菸，默默思索著祝壽的細節。

金達榮跨出門邊，黃月娥慇懃地說：「再見，再見，請常來玩。」

客人點頭、微笑，並搖手回答再見，然後身影在巷口消逝。

黃月娥關好門，仍覺得心中跳個不停，她以為大伯會和她談婆婆祝壽的事；但金達榮只坐了坐，隨便談談就走了，彷彿是路過此地，順便進來看看，沒有任何目的，所以又輕輕鬆鬆地離開。

她在籐椅上坐好，突然對整個事情懷疑起來，立刻大聲叫：「柏如，柏如。」

柏如是她的二兒子，在後面連聲答應。「媽，有什麼事？」

看到站在眼前的柏如，有父親那麼高，心裡有說不出的高興，但還是掩藏住心頭喜悅，冷冷地說：「你在哪兒聽到替奶奶過生日的消息？」

「在學校——那又有什麼不對？」

「是誰告訴你的？」

「我不能說。」

「為什麼？」

「人家要我不告訴爸爸媽媽。」柏如認真地解釋，「如果我不守信用說出來，就不夠意思了。」

「傻孩子，你真會相信別人的話。」媽媽覺得啼笑皆非。「人家要你不告訴別人，原意就是要你到處宣傳——」

「這樣的道理，我不懂。」

「假使要保守祕密，該從自己開始；他已把事實說穿，就沒有保密的價值了。」

柏如微微點頭，倚在門邊，怔怔注視天上變幻的雲彩，似有所悟。「那消息是立明告訴我的。」

「啊——」母親失聲驚叫，「他是怎麼知道的？」

「他偷聽到爸爸媽媽談話，說是要瞞住奶奶，一切保密……」

她內心雖然為獲得「情報」而高興，但仍極嚴肅地說：「小孩子不該偷聽大人談話。」

柏如被這突發的斥責嚇住了，忙問：「剛才伯伯來，就是談這個？」

談這問題就好了，就是因為沒有談，所以才懷疑他傳說的消息，既然是立明聽來的，諒不會假到哪兒去。她想。

「不是。」母親說：「伯伯什麼都沒談。」

「那來幹麼？」

這是她該問伯伯的話；現在柏如問她，怎樣回答。

「大概是要和你爸爸聊天，見他沒有在家，隨便談談就走了。」

「爸爸如果在家，一定會談，一定。」

捺著性子等待又等待，爸爸終於回來了。

柏如諒是見到父親的臉色，不像平常有說有笑，便轉身走回後面的房間，做自己的事去了。

金達富在太太對面籐椅上坐下，接著就深深嘆了一口氣。

黃月娥看了丈夫一眼，又拿起手邊正在縫製的卡其布長褲，不經意地說：「達榮伯伯剛才來過。」

丈夫猛地跳起問：「他說些什麼？」

「什麼都沒說，只說起你做的水果生意。」

「妳怎樣回答？」

「我說，勉強可以夠維持生活。」

「妳沒有告訴他，我們除了一切開支，每月還可以結餘一些——」
「你真的另外還有結餘？」太太感到又驚奇、又欣喜。「為什麼一直不告訴我？」
「太太，別胡扯了，家中的帳目，全是妳管的；有沒有結餘，妳還不知道。」
「那你為什麼要我那樣說？」
「是打腫臉充胖子啊！」金達富神情顯得激動，霍地站起，雙手揮舞，「我們不能哭窮，要說得體面一些，免得別人瞧不起我們！」
黃月娥不想再說下去，自己的經濟環境，唯有自己最清楚，人們的看法，不會影響自己，故意裝「闊」，反而會被別人笑話，不如誠誠實實地安守本分。
「我們靠自己勞力賺錢，維持生活。」太太理直氣壯，「不相信會有人輕視我們。」
「妳不信，我可以用事實證明。」
太太的目光凝視著激動的丈夫，極希望他能把事實說出，可以解釋疑團。
「再過五天，就是奶奶的生日了，妳知道嗎？」
「我早已想到，並且有了準備——」
「準備？」丈夫慢慢走近她。「妳是說，妳已準備了為奶奶祝壽的款項？」
「當然，」黃月娥真想大笑一場，平時家中一切開支，都是她負責，所以從不鬧虧欠，就是丈夫要投資什麼建築，才把全部財產拖垮。現在，他們的生意雖然不大，收入有限；但她量入為出，使收支平衡，還結餘了一筆款項，應付意外開支，這是她管理家務應有的本分，又有什麼值得驚奇的。

因為見丈夫情緒非常不穩定——他投資的事業失敗後，常常這樣患得患失——所以不想和他開玩笑，只是輕描淡寫地說：「那是我管家的責任，還用得著你擔心費神。」

「好，好！這就有辦法了，我已想到好辦法了。」

黃月娥看到丈夫，一會兒沮喪，一會兒又興奮，不知是為了什麼，更不知想到什麼辦法，便委婉地問：「你說的是有關做生日的事？」

「答對了。」他學著電視節目主持人的口吻，接著反問：「你知道達榮是如何地藐視我們！」

在家做雜事，當然不明白外界的實況；同時，剛才達榮伯伯來這兒，在言語和態度上都沒有輕視的味道。所以她只能搖頭表示自己的意思。

「為奶奶祝壽請客，具了我的名，卻不和我商量，真是豈有此理！」

「你已看到請帖？」

「那還有錯。」丈夫的怒火仍很旺，氣呼呼地急急訴說：「我在王代表家，看到大紅請帖，無意中發現我的名字和達榮並列，才巧妙地回答王代表的話；不然，人家問起我，我回說不知道，那笑話才大哩！」

黃月娥的心似乎也感到虛懸在半空，天下哪有這樣的事；這是丈夫親眼看到的，諒不會錯，但為何不讓他們知道籌備的經過呢？

「也許是怕我們經濟情況不好，」太太勸解道，「所以他獨力負責祝壽的經費。」

「可是，我的自尊呢？親戚朋友知道了，還以為我不懂得孝順，不肯供養母親，又不替母親做生日……」

丈夫的考慮沒有錯，他們因為房屋太窄狹，所以沒有讓奶奶住在這兒；現在做七十大壽，又裝著不知道，不理不睬，一定會有人說閒話。

「剛才達榮伯伯來這兒，說不定就是和你商量這件事，你不在家，所以沒有提起。」

達富微微點頭，但隨即否認。「不對，請帖是老早就發出去了。在印發之前，就該徵求我們同意；即或是我不在家，也應該和妳說一聲，我自然會去找他研究。」

這話確是有道理，而且柏如也說過，立明不讓他們知道祝壽的事，瞞著他們全家為奶奶過生日。哥哥確是孝順得過分，也該讓弟弟盡點孝心才對啊！

黃月娥的情緒也激盪起來，搶著問：「你不是說，想到好辦法了嗎？」

「辦法是想好了，就要看妳是不是支持——經濟力量夠不夠？」

「我早說過，金錢方面不用你操心。」

「那就可以把面子扳回；還可以表現我們的孝心……」

太太搶著說：「不必談理論，趕快說辦法吧。」
「我們要在生日前一天，邀請賓客為奶奶暖壽——」
「只有五天時間了，還來得及籌備？」
「一定趕得上。」丈夫得意地大嚷。「我已和芳香飯店的老闆接洽過，他們的禮堂可以讓我們用；現在就可以發請帖，也印上大哥的名字，並且還註明，不受任何餽贈。」
「也不和他們商量？」
「當然，到那天才去請奶奶，順便告訴他，讓大家驚喜一下。」
柏如在後面，諒是聽到鬧嚷聲急匆匆走出，四顧地問：「什麼事？」
媽媽忽然想起來了：「柏如，你聽到我們說些什麼？」
「沒有，一點點——對了，我什麼都沒有聽到。」
爸爸拍著柏如的肩膀，「對了，你什麼都沒有聽到，當然不告訴任何人。」
媽媽連忙接腔：「連立明也不讓知道。」
柏如抓搔著頭皮向後走，嘴裡小聲嘟囔：「什麼話都沒有聽到，怎能告訴別人呢？」
父親向母親輕輕點頭，母親則回答一個會心的微笑。

——原載《婦友月刊》

寒流中的暖流

咿唔一聲，房門被推開一條縫，孫悅華驚叫道：「是誰？是誰？」

立刻探進一個頭來笑著說：「是我，是邦輝。我想看看妳在家——在房裡做什麼？」悅華用兩隻手臂在被窩中撐起上半身，嘟著嘴說：「嚇了我一跳，又不敲門，真冒失！我還以為是——是誰呢？這麼早就回來？」

她以為是未來的婆婆或是小姑。如果她們看到這個「準新娘」，青天白日睡懶覺，一定對她有很壞的印象。現在不要緊，回來的是她未婚夫，在他面前可以撒嬌，可以講理由，他不會怪她的。

她忙著坐直身體，抓起床架上的毛衣，從前面披向身後，右手伸向袖子，因為太慌忙，套不進去。金邦輝已跑到床邊，按捺她肩膀。「躺著，不要起來。」他說，「我忘了帶私章，才匆匆趕回家，一會兒就走。」

毛衣被奪去，摔在床腳一張木椅上，她上身穿得很少，冷氣侵襲著皮膚怪難受；再說，半裸著身體坐在床上和他談話，也不成體統，躺就躺下吧。

「我覺得有點不舒服。」她說，雙手把滑下的棉被向頸旁拉扯，脊背半擱在枕頭上，眼睛帶幾分歉意望著他。「你還是快點走吧！」

「那妳更應該好好躺一會兒。」他伸開兩臂抱起她，放她平躺在床上，她覺得這樣不雅觀，便換成側臥姿勢。他待她很體貼，更加深她的歉意。她是不該向邦輝說謊，說謊成了習慣，就很不容易說真話；可是，不說謊怎行？無病無痛睡懶覺？儘管他們再過十天就結婚了，但這是未婚夫的家，是未婚夫睡的床——她來了以後，金邦輝睡客廳的沙發——如果不說是身體不舒服，有什麼理由躺在床上？能告訴他怕冷，怕寂寞？

今年的氣候真怪，寒流一直停留在這兒不肯走，穿長褲，套兩件毛衣，凍得還是直打抖。也許是沒有事做的關係。她想，現在從早到晚等著婚期，是多麼可笑！不讀書、不做事，在結婚前的一個月，就住在未婚夫家裡，這是罕見的新聞！諒大家都在背後指指點點。

那不能怪她，家庭環境不好，愁吃愁穿，愁讀書費用，家中不知欠了多少債，早晚怕債主上門。不管是年輕的、年老的男人，眼睛總是盯住她，好像在說，家中有棵搖錢樹，還怕沒有錢？也許有人對媽媽說過了，只要妳把女兒給我，妳要多少，就給多少。朱老頭的話，不是她親耳聽到的，一點都沒有錯：三天以後再不給錢，我就娶妳的女兒。你這老不死的真不害臊，八千塊錢，就想換一個十八歲的大姑娘？哈哈哈！孫大娘，妳不知道，有錢能使鬼推磨。金邦輝幫她家還了錢，她只好跟他來到這兒。

當然，她不是賣給金家的，那是金家的聘禮，用聘禮還債，能算買賣婚姻？她很早就認識金邦輝了，對他的印象很平淡，不算好，也不算壞。是一個年輕的男人，做五金、木材生意的老實男人，安全可靠，有經濟事業基礎，是結婚的對象，還等什麼？真希望債主搶妳，綁架妳去當酒女、妓女、茶室女嗎？

住在金家確是太寂寞，常常一個人在家看空房子，婆婆和小姑都出去了，她不知道怎樣打發漫漫長晝。縫紉嗎？不會。結婚穿的衣服，全由服裝店裁製，用不著自己動手。看書嗎？沒有耐心。房間裡幾本小說，都看過了。鴛鴦蝴蝶派使人發膩。一個男的，愛上一個女的，受到波折，不是結婚，就是分離。打開書看幾頁，再翻翻結尾，準沒有錯，還能靜下心一行一行地讀？

天太冷，沒有事做，躺在床上睡覺，並不是了不得的錯誤，任何人都會替自己的行為，找出辯護的理由，她這理由真是「冠冕堂皇」，找不出一點碴兒來，誰想到他會突地回家。

「要我去找醫生嗎？」他關切地問。

「不要，我躺了一會兒，已經好多了。」謊話不得不繼續說下去。「我該起來走動走動。」

「不要，不要。」他學她說話的語調，再用右手摸她的額角。「有一點發燒，還是多躺躺吧。」

但她知道自己體溫並沒有增高，只是他在外面，被冷風吹涼了手。沒有錯，他大概也懂得這個道理，涼手一下子就伸進被窩裡來了。

她皺著眉頭說：「手涼死了，快拿出去。」

金邦輝沒有聽她的，反把手伸得更低些。「讓我暖和一會兒，我馬上走。」涼手伸進胳肢窩，她抖動肢體，格格地笑著說：「壞死了，不准亂動！」她抓住他亂動的手；但另一隻手又從空隙中擠進來。

突然她有被侮辱的感覺，金邦輝為什麼這樣輕視她，不尊重她的意見？她是不應該讓他有這種親熱機會的，該早用嚴厲的詞句趕走他。剛才對他太客氣了，所以他才敢這樣大膽和無禮，男人都是不知足，總喜歡得寸進尺的。

「討厭！」她已抓住兩隻涼手，「你再不守規矩，我就惱了。」

「不要，不要頑固。」他仍嘻笑地說，「我們馬上就成為夫妻，親熱點又算什麼？」噴熱氣的嘴唇湊近她，側轉臉才避開了。

他上半身的重量隔著棉被壓向她，她真想推開他立刻起床，狠狠地斥責他一頓；但看到他那股天真熱情的樣子，又不忍心這樣做。金邦輝是愛她的，絕不是由於輕視——她最怕被別人輕視。金邦輝對她的家庭已了解多少？如果全部了解，或許就要輕視她了。現在她真擔心金邦輝在發現她家庭骯髒的一面以後，不會再愛她，或是根本就不要娶她。但有時也希望金邦輝已全部明瞭她家中的一切，對於他們的婚姻，不會後悔；不會有被欺騙的感覺。儘管他再三地說：「我是愛妳，愛妳的本身，而不是愛妳的家庭，妳還不相信我的真情？」

他說得很漂亮很動聽，一旦發現她家庭有那麼多汙點，他能沒有屈辱的感覺？徹底明白了母親種種行為，他仍會如此地愛她、尊敬她？一般人都認為：「什麼根生什麼草。」有那樣的母親，還會生出好女兒來？金邦輝真不知道她的母親……

想到母親，手心就冒冷汗。

金邦輝說：「恐怕妳真病了，天這麼冷，妳手心還出汗。」

「不要胡說。」抓住他雙手送出被窩。「手心出汗，與身體有什麼關係，快走吧！」

「不走，不走，我要陪著妳，我的事，明天辦也是一樣。」他的右手又伸了進來。

她真有點惱了。「這成什麼話？青天白日在家裡胡鬧，讓人家看了，多難為情！」

「誰看見，誰呀？」

看樣子攆不走他了。只好緊緊抓住他的雙手，手心還是繼續冒冷汗。她試著強迫自己不去想母親，專心想同學，想百貨店裡的女店員、車掌、玻璃櫥窗裡的模特兒、黑塑膠洋娃娃、蓬毛獅子狗、冒濃煙的火車頭、擠著搶上車的旅客、穿制服的警察……母親睜著白眼，靜靜地瞪住她，像有無限的歉疚；更像受了很大的冤屈。誰知那事實是真的，還是假的？她一直以為是作夢——如果是夢就好了。

敲門聲把她從夢中驚醒，媽媽起來開門，進來不少人——實際上只進來三個，其中還有一個是她常常見面的里長，但她覺得屋內屋外都受了包圍。因為里長進門就介紹，和他一道進來的是刑警。抓地痞、流氓、竊盜的便衣警察，深更半夜上門，還會有好事？

媽媽瞪著她，眼白凸得特別大，怕刑警問的話被女兒聽到嗎？當時她正在學校讀書，晚上回家溫習功課，媽媽還告誡她，認真求學，好好做人。有了學問，懂得做人的道理，立足在社會，就永遠不會被打倒。誰知道睡到半夜，里長和刑警，就要當著女兒的面，把媽媽打倒了。

還好，談了幾句普普通通的話，母親便被他們帶走了。

哭、埋怨、詛咒……有什麼用？爸爸是半身不遂，只能躺在床上唉聲嘆氣。弟弟妹妹看不到媽媽了，大聲吵鬧喊叫，左鄰右舍繞過來嘰哩咕嚕，背著她就耳語、拋眼色。她明白了：媽媽被捕，與鄰村的黃金竊案有關。刑警、鄰人、里長都把媽媽看作小偷嗎？天哪，這是多大的冤屈啊！他們誰都沒有指名對她說，但她在大家的言語、態度和臉色上看出來，媽媽是個竊盜犯，女兒永遠不能在人面前抬頭了。

寫信給老師，要求退學，母親不名譽的事沒有查明，女兒還能和那麼多同學玩在一起？還有臉背著書包從學校大門進出？

老師說，父母的行為，由父母負責，不關兒女的事，也不是兒女的錯。現在只有嫌疑，沒有定案，更不必難過，同學的友誼，很使她感動。大家把自己的零用錢、糖果費集攏，派代表送給她，她能辜負大家的好意？

又背書包去了，還有一百天，高中就要畢業，到手的一張文憑丟掉，豈不太可惜？她擔心用什麼話去向同學解釋，不久就覺得那顧慮是多餘的；同學們絕不在她面前提起她母親的事。當然那並不是說同學們不了解這件醜事，或是完全諒解母親的行為；只是為了顧全她的面子，不讓她在人前丟臉罷了。

沒有幾天，媽媽回來，她更安心了，媽媽告訴她們，她是無辜的、被冤枉的。不然，這麼早就可以回來？她絕對相信母親的話。兒女都是崇拜父母的，她又可以在人面前昂首挺胸走路了。

也許是她態度轉變得太快，壞消息立刻從同學嘴裡傳出來：媽媽仍是竊盜犯。癱瘓的丈夫，五個未成年的子女，是有理由被保釋的；犯罪輕，判的刑也可以緩刑，講這話的同學父親是念法律的，還會錯？完了，一切都完了，人家當面不談，背後不罵她「賊種」才怪。書決心不念，趕快結婚。金邦輝認識她家許多左鄰右舍，鄰人會不會告訴他真相？那是多麼怕人的事實，他聽了會掉頭就走？會趕她出門？現在他滿臉笑嘻嘻的，誰知他心裡想些什麼？

他接著說：「妳想得太多，顧慮得也太多。誰管我們的閒事，我們是愛人，我們是夫妻——」

「現在還不是。」她用胳膊推開壓向自己的身體。「瞧！門還敞著，如果有人進來，看到……」

金邦輝扭頭看房門，立刻抽出雙手站起，衝向門口，她聽到門縫猛烈的契合聲，她用手肘撐起上身，見他正準備加閂。

「不要，不要閂！」她急忙喊：「如你閂緊房門，我馬上起床！」

他遲疑地轉過身來，用迷惑的目光望著她，一步步向她走近，像不明白她為什麼那麼緊張。

她內心輕噓了一口氣，又頹然躺下，慢慢閉起眼睛。說：「我現在還是你家的客人，你應該尊重我的意見——」

「是啊，我是尊重妳意見。」他語調有惱怒的味道。「是妳要我關門的，我走去關上了……」

「不，不要亂說，我才沒有要你去關門哩！」她睜開眼睛糾正他。「我是提醒你要嚴肅點。人家看見我們的舉動，就會說我的閒話。你知道，我的家庭——」

他截斷她的話頭，「又是妳的家庭！不要談了，我關門又有什麼不對？」

「關起門，誰知道你又要做什麼？」她柔和地說：「你該立刻出去。」

「不，我不出去了。」他執拗地說：「這是我的家，我的房間。妳是我的未婚妻，我和妳在一起，誰會說我們閒話？」

他猛地脫去外套，摔在床腳的椅背上，接著說：「我也要休息一會兒，我只是躺在妳身旁，妳還有理由反對？」

不讓她有反對的機會，他已掀開棉被，鑽進被窩。

現在他和她平躺在床上，他把冷氣帶進溫暖的被窩，她的肢體感到戰慄。不，她內心感到哆嗦，她說不出自己是憤怒還是恐懼？這像是個夢境，是個惡劣的夢境。她不該讓她看到自己在作夢。如果在他進來時，她立刻起床，就不會有這尷尬的事發生，為什麼要拖到現在？她血管裡真流著母親的血液？是天生的下賤……？

她不忍心用壞字眼形容母親，因為到現在她還不明白母親做的是對還是錯？當她發現葛叔叔和母親並肩躺在床上，親熱地擁抱在一起，差不多就要暈倒在地上，她有被侮辱、被欺騙的感覺。該大吵大鬧趕走那野男人？還是忍氣吞聲地裝作沒有看到？母親的行為，母親的生活，做女兒的能過問？爸爸病了五年多，全家生活的擔子都壓在母親肩上，母親幫人家燒飯、洗衣、縫紉、編織……維持家中費用，送兒女上學，母親所獲得的精神生活是什麼？她又能希望母親做些什麼？

母親沒有受過多少教育，她還能希望母親做聖人？最好的辦法，就是裝作不知道。可是，她能裝作不知道；弟弟、妹妹，以及左鄰右舍，究竟還有多少人知道呢？母親做這樣丟臉的事，為什麼不隱藏點兒；最起碼也該門起房門，不讓她闖進去。

金邦輝也知道母親的私生活？當然不知道，如果明白這些，他還會要她？他還躺在床上偎依著她？

不，她不能和他躺在一起，她不該照媽媽的壞榜樣去做——儘管這不是頂壞的事；但隨時會有人進來，馬上可以傳遍整個村莊，整個鎮市；孫家的那個賤丫頭，青天白日和未婚夫躺在床上……嘿……嘿嘿……你知道吧？哈哈……她永遠抬不起頭來了。

她迅速地坐起，大聲說：「你睡吧，我起來了，我躺得太久了。」

「不要，不要嘛！」他用膀臂圍住她，用央求的語氣說，「我們規規矩矩躺在這兒談話，我不會傷害妳，妳還不信任我？」

她當然信任他；而且他的確無法傷害自己，如果他不遵守諾言，她是隨時可以起床的。

她又安靜地躺下，母親的行為，雖有不少汙點，但她的本身是清白無瑕的，現在正好試驗金邦輝對自己有多大的敬意，假使他認為她像母親一樣——不，她不該想到母親的——她要鄭重地告訴他：她和母親不一樣……胡說！那簡直是翻自己的底牌嘛，不要。

「天真冷。」他說，「我穿這樣多衣服，會不會冰壞妳？」

「不會。」

「我該把外衣脫掉。」

「不要。」她堅決地說：「你再胡鬧，我就起床，現在要保持一定的距離。」

「好、好、好。」他伸了一下舌頭。「妳的脾氣好大，大得使人不敢碰妳；十天以後，看妳還要不要保持距離？」

十天以後，將是怎樣呢？他會變得很野蠻？那時，他就是她的丈夫，她會赤裸裸地躺在他臂彎裡，緊緊地擁抱在一起，那是多麼的不可思議啊！

想到以後的生活，她覺得很滑稽，不自禁地笑了起來，「你現在只希望日子一天天地趕快過，是不是？」

「是啊，沒有錯。」他挨近她，臂膀圍繞著她。

她想，那是她笑壞了，她不該放棄嚴肅面孔的。「你又忘了自己的諾言？」她警告地說，「趕快安靜點兒，你不是要規規矩矩談話……？」

突然，門外有人喊：「有人在家嗎？」

她的心往下沉，那是女人的聲音，腔調很熟，但記不起是誰了，誰都知道：白天只有她在家，她一定得回答：「是誰啊？」

外面的人小聲說：「在家、在家。」像是兩個人在互語，接著又大聲喊：「喂，孫悅華，我和丁麗美來了。」

丁麗美說：「孫悅華，快點出來嘛！」

「尹蕙芝、丁麗美，進來，進來，真難得。」她推開金邦輝的臂膀坐起，但毛衣在床腳的椅子上，她正要橫跨過他身體，跳下地去拿毛衣時，尹蕙芝已推開房門走了進來。

她說：「尹蕙芝，把椅子上那件毛衣拿給我好嗎？」

跟著進房的丁麗美說：「好舒服啊！大白天睡懶覺！」

「啊——」蕙芝抓起毛衣遞在她手中，忽然驚叫，忙用雙手摀起臉，轉身飛向門外。丁麗美也面孔緋紅，跟著向外跑，她們已看到躺在她身旁的金邦輝了。

「妳們先在外面等一下。」她說：「老同學了，不要見外，我馬上出來。」她急著穿毛衣，忙亂中套反了，又脫下重穿，她暗中不斷咒罵自己，為什麼要睡這懶覺？碰到接二連三觸楣頭的事，叫她怎樣見人？怎樣替自己辯白？寫信要她們來談天，解除寂寞。她們來了，看見這樣尷尬的場面，會很不高興吧！

她衝出房門，蕙芝正對著麗美耳語，見到她才掉轉頭說：「很抱歉，真想不到我們會打擾了妳——」

「不用說了，」她希望不要再提這件事，想岔開誤會，立刻轉過身去說：「尹蕙芝，請妳把我背後的鈕子扣一下。」

蕙芝說：「我們來沒有錯，只是時間沒有算準，抱歉！」她拍著孫悅華的肩頭：「妳現在是『春宵一刻值千金』，我們不打擾，要告辭了。」

孫悅華的臉發燙，感到又羞又急。知己的老同學竟說出這樣的話，叫她怎樣開口呢？「不行，妳們不能走，一定要聽我說。」

麗美說：「我們還有事，真的要走了。」

蕙芝說：「妳不要嘴裡留我們，心裡恨我們，就是妳不恨我們；妳的那一位，也要罵我們不懂事哩！」

「別亂說，」孫悅華頓腳道：「人家規規矩矩，什麼都沒有做——」

麗美說：「妳不論做什麼，我們也管不著，我們真的走了。」

蕙芝說：「我們不走也不行，看到你們『小兩口兒』親熱，我們也眼饞，麗美，走吧，再見！」

麗美說：「祝你們『小兩口兒』快樂！再見。」

她怔怔看著她們背影在眼前消失，她們沒有錯，錯的是她自己；但她們該讓她申訴理由。「小兩口兒」是她們嘲弄別人的，現在也嘲弄到她身上來了。兩年前，一位女同學，和男生在電影院中擁抱在一起，恰好被一位多嘴的同學看到了，便傳遍全校。那女同學的母親，是別人的姨太太，而那男同學長得又醜又矮。所以「小兩口兒」，有一種低賤的、醜陋的、不知廉恥的涵義。她們過去都是在人家背後喊「小兩口兒」，現在她們居然當面諷刺她，可以知道她們是如何地鄙視她了。

她全身顫抖，該是天冷的緣故吧，不，房屋、大地都在搖晃，身體有飄浮的感覺，她們出了門，就要暢聲大笑。回到學校見了同學就搶著說：妳們知道吧！孫悅華「小兩口兒」，大白天關在房裡，以前她尖著嘴說人，現在，嗯，妳明白了吧？龍生龍、鳳生鳳、老鼠生個耗子會打洞。她媽媽是什麼人，妳聽說過吧？聽過，聽過，偷東西、養漢……

眼前發黑，她急忙抓住門框，才沒有栽倒下去，她為什麼要寫信給她們，要她們來侮辱自己？同學們表面對她很好，誰知她們心裡是如何地看不起她。不讀書了，離開骯髒的家庭，嫁個善良的、正直的丈夫，她們就會改變原來的看法？忘記她的過去，原諒她母親的行為……她是不該要她們來，人們不肯忘記別人的醜史，不肯原諒別人的錯誤，那就是「萬物之靈」的特性，她還能希望獲得什麼？

她扶著門框走進房，慢慢關門加閂，一步步走近床。金邦輝仍躺著，用詫異的目光盯住她。

她站定了，問：「你真的愛我？」

金邦輝掀開棉被，兩手一揚，她就跌進他的懷裡了。

——原載《作品》雜誌

狂亂的樂曲

靜一點吧，靜一點。真不能靜下來嗎？她對自己說。當然不能靜下來。這是一闋像狂風暴雨橫掃過來的交響曲。是誰的作品呢？貝多芬、莫札特……？她看到女店員剛換上這張唱片，怎會停止？但他不能停止說話嗎？

這是音樂茶室，她真想靜靜聽這樂章的旋律，優美的旋律在什麼地方出現？但是她不懂。不懂音樂，不懂他為什麼不停地說下去。

「那真有意思，」他說：「我燒飯，結果怎麼樣。嘿嘿嘿嘿，水全都燒乾了，鍋底燒炸了……」

他緊靠在她身旁。這是第三次約會。但她覺得自己不了解他，除了知道他叫陳國鑑，禿頂，戴四百度近視眼鏡外，差不多什麼都不知道。為什麼不去了解他呢？他正告訴妳中學時代的露營生活哩！實際上，他曾把一切事都告訴過她，她都沒有聽進耳中去。現在她只想聽音樂；音樂真是那樣優美嗎？聽音樂的機會太多了。在房間裡，躺在床上，打開床頭的收音機，要聽多久，就聽多久。可是男人，稀奇古怪的男人，骯髒愚笨的男人……失去一個就少一個。瑪麗說：「不要懷念過去了，青春不會等我們。妳知道青春對女人有多重要？有機會，有男人就不要放過……」

本來她和吳瑪麗、毛雨秋同住在一個房間。吳瑪麗的床現在空在那裡，只有毛雨秋和她住在一起。看樣子毛雨秋也快要搬出去，那樣大的一個房間，讓她獨個兒留在裡面，過那冷冷清清的生活，怎麼受得了？

什麼，他真的停頓不說了。她已很久沒有注意到他說什麼。這未免太沒有禮貌。他知道她沒有聽他說話嗎？她的樣子裝得很像，左手臂擱在桌面，手掌托著腦殼，臉孔斜對著他，兩目向他凝視，他會懷疑她全部沒有聽到？

「後來怎麼樣？」她說，表現出很願意知道結果的樣子。

「我不會唱歌，他們一定要我唱。」他抹下眼鏡，用右手食指橫著擦了擦眼皮，然後再戴上，接著說：「女同學們笑我、諷刺我。當臨時主席的女同學好兇啊。她把我拖在圓圈中央。好難為情啊，不能不唱。」

「唱什麼呢？」

他笑了笑，露出雪白的牙齒。「那是我在幼稚園學的，到現在還記得。」他很得意地低聲唱起來：「世上只有媽媽好，有媽的孩子像個寶……」

沒意思，一點意思都沒有。他的牙齒好白好整齊呀！憑這一點，就可以喜歡他了嗎？

奇怪，鄰桌上的人，為什麼老是瞧著她？那是兩個男人，年輕的男人。戴眼鏡的那個好年輕，好神氣啊！另外那個好高好瘦啊，差不多要趕上胡成學一樣高了。

瑪麗一再告訴她，不要再懷念過去了。但是，她能夠忘記過去嗎？見著相同的人，處在相彷的環境裡，就想起了他；想起那個高高大大的胡成學。瑪麗要她忘記過去。什麼是過去呢？她全部精采的、甜蜜的生活，就是那大個子。瑪麗知道這一點，所以總避免提到他的名字。但他的影子仍在她說話的當兒襲擊著她，使她感到窒息、焦慮，還有一種使身體向上浮的感覺。瑪麗是不會知道的，她也永遠不想告訴她。

她一直感謝瑪麗的好心和友誼；但也有相同的分量在怪她、怨恨她。胡成學就是瑪麗介紹給她認識的。如果不認識他，她也不會有這樣長久的痛苦了。

第一次見面時，他和瑪麗的男友早已先到那家小咖啡館，他們是同學，都是大四的學生，談得很起勁。她和瑪麗走到他們座位旁，他們還在熱烈地辯論著，像根本不知道她們走近，或是裝作不曾看到她們。

她和瑪麗並排地坐下。她坐在他對面，有足夠的時間和機會觀察他。他穿一件很皺的卡其布長褲，上身是一件穿在他身上嫌短的大方格香港衫。頭髮短短地蓬亂地歪在一邊。像是一個不會修飾或是故意不修飾自己的大孩子。他和他們熱烈地談著，偶爾才和她搭訕一兩句。她想，他沒有真正地細心地看過她一分鐘、一秒鐘。他一定不喜歡她了。

那有什麼辦法呢？她不是一個使人一見就喜歡的女孩。她單獨地走在街上或是參加熱鬧的場合，總不會引起別人的注意。所以，她想，見過面以後，瑪麗介紹見面的任務達成了，她還得過自己的平靜生活。還有，他也是一個平平淡淡的人。除了高大以外，也沒有什麼特出的地方使她喜歡哩。

料想不到的，第二天他就約她去看電影了。瑪麗說，為什麼不和他一道去呢？他的人長得很「帥」，性情又溫和，其他的一切，他的同學完全了解，都很可靠。這是一個機會，我們可以慢慢向前走，走到什麼地方說什麼話……

他買了一大堆橘子進電影院。他不講話，只是慢慢吃橘子。當然，她也陪他一道吃。他像很專心看電影。可是電影中的笑話和有趣的動作，惹得大家都笑了；他卻一點笑容都沒有。她發覺這一點以後，也強忍住自己的笑聲。怕他嫌她輕浮和幼稚啊。但她一直在想，他是一個冷漠的怪人，和他在一起，要壓縮自己的感情，裝一個痴痴呆呆的角色，未免太痛苦。以後，她永遠不要和他在一起了。

出了電影院，她立刻改變主意。因為他變得有說有笑，像是認識兩三年的老朋友。他和她談論劇情，批評演員的動作及故事的缺點。

他和她並肩走著，手臂揮舞著。「喂！我對妳說。妳不覺得女主角，從臥房中出來，衣服穿得太少嗎？」

衣服就是要太少。她要暴露她的胸脯、大腿……為了男人喜歡，為了票房紀錄。這些話她不便說，只是告訴他，她和他有相同的感覺。

「還有，我對妳說。假使不是碰巧發生車禍，這淫婦怎麼辦？在高級的藝術品內，是沒有『巧合』存在的啊……」

他為什麼要這樣認真？這是電影哪。他們就是為了討論電影的優劣和技巧才來的嗎？當然不是。她停了一會兒沒有講話，他感覺到了，立刻換了話題。他很懂得別人心理。

他們一直走著，走著。他覺得很輕鬆，很興奮。理由她說不出。他要找個地方休息，喝點或是吃點什麼，她都拒絕了。她不知道自己要什麼，渴望著什麼。她認為自己想回家，躺在床上，把愉快和甜蜜的感覺，告訴吳瑪麗和毛雨秋。她們或許還沒有回家，但那沒有關係。她可以在屋內大聲說話，像她們在家時一樣……可是她為什麼要有這樣感覺呢？他沒有對她作任何喜歡或是讚美的表示，誰知道他對她的印象如何？她竟會這樣輕飄飄地……

他突地站定，凝視著她，說：「累了吧？」

「沒有。」她堅強地答。這不是真話，她已感到非常疲倦了。穿著高跟鞋，跑這樣長的路，兩腿真夠累了。但她喜歡這樣跑下去。她不知道這是什麼地方，看起來很荒涼，應該說是很幽靜。或許夜已很深了。她不想看錶。瑪麗說過，他老實可靠。她為什麼要看錶呢？他伴著她，可以一直走回家。瑪麗她們是不會怪她的。

「我們該休息休息。」他說，向前一步，兩隻粗大的手掌，很自然地落在她肩上。自然得像是生長在她的肉體上一樣，她沒有理由拒絕這自然的動作。但她立刻覺得高大椰子樹的樹葉在路燈光中搖蕩。不，不是；那是她自己在戰慄。他離她更近了。剎那間，發現他是那樣高大、強壯；而自己卻這樣瘦弱、渺小。他像一座雄偉的高山，而她卻像一座平地隆起的丘陵……忽然，她聽到低沉的聲音。「妳是我見過的女孩當中，最喜歡的一個。」

「騙人，我不信。」

「真的，為什麼不相信。」

她覺得那座高山傾斜了、倒塌了，立刻要壓在自己的頭頂、身軀……她的兩臂微曲著撐在他的胸前，慢慢仰起了頭。他的面孔慢慢貼近她的臉龐，嘴唇壓在她的唇上。

她仍堅定地站著。有什麼感覺呢？麻木。她應該推開他，避開他，不可能。他的兩臂緊緊抱著她，她哪裡還有力量，閉起眼睛，椰子樹葉晃動……。

半晌，他抬起了頭。說：「土包子，一點都不懂？」

「什麼啊？」

「接吻哪！」

「你希望我是靠接吻長大的嗎？」她真有點氣惱。為什麼他要說這樣的話，她覺得自己受了不小的委屈和侮辱。

「當然不希望那樣，不要說話了。」他又拉近了她，「緊緊抱著我——」

「可是，我的手提包……」

「不能放在地上嗎？」

她不能彎腰。沒有時間，沒有空隙，手提包又算什麼呢？

「啪啦禿！」手提包掉落在地上……

她低頭瞧了瞧。手提包仍在她膝蓋茶綠色的蓬裙上，右手緊緊握著一端。皮包現在是不會掉在地上的。這兒是音樂茶室，陳國鑑坐在她身旁……那銀灰色的皮包，已被她收藏在箱中，她不想用它了，除非有一天，他會再回……

「繃、嘩啦……吱吱喳喳……」樂隊中所有的樂器都在鳴奏了吧？為什麼這樣喧囂鬧嚷？

「太吵了，請你……可以吧？」她說，皺起眉頭。「對她們講一講，換張唱片。或者，或者聲音放小一點。」

「可以，當然可以。什麼唱片？妳喜歡的……？」

「無所謂，隨便，輕音樂也行。」

她目光追隨著他蹣跚的身影。為什麼她不喜歡他呢？太胖了？身材矮？這理由能夠成立？他很體貼她？巴結她，不像胡成學那樣一百二十個不在乎妳對他的印象——鄰座那個男人，直直地瞪著妳，眼中充滿了邪惡、慾望……多奇怪，多可怕啊。對方拿起筆來在桌面一張紙上塗著。寫什麼呢？他會寫：離開那庸俗的傢伙，跟我走好嗎……？

誰說的？為什麼要這樣想？那個陌生人，一直在注意聆聽他們的談話。好像要明白她和陳國鑑的關係、交情。他可能是個小說家、戲劇家、新聞記者……要把他們談的話，寫成小說、拍成電影……多可怕，真人實事。糟糕！他們的話全被對方聽去了——聽去又怎麼樣，都是平凡的話。我內心想的、說的誰懂？假使有人知道妳荒謬的古怪的思想，那妳就無法見人……

他為什麼還不回到座位來？唱片真的換了，是輕音樂，溫柔的調子……大個子喜歡聽這溫柔的。

她不明白，為什麼又想起他，那個大個子。看電影後的第二天，他就來到她的宿舍。發展真快哩！坐嘛，輕一點，椅子吃不消。喝茶？喝開水？我們沒有茶葉哩。問得多可笑。聽音樂嗎？溫柔的調子。房間裡很糟、很亂。梳子、口紅、內衣、內褲、玻璃絲襪……早一點收拾也好。他不是一個很細心的人，不會見怪吧。心裡很糟很亂，舉動也很可笑。瑪麗在家就好了。她到哪兒去了？不知道。誰都不管誰的行動。回來以後，她會告訴她的。

「妳知道我為什麼要來嗎？」他說。

「不知道。」

「我來看信啊。」

她戰慄了一下，昨晚她是在無意之中洩漏出來的。怎麼他已記牢，今天就來看信。給不給他看呢？現在很後悔告訴他了。竭力搜索記憶，要明白為什麼說那樣的話。能怪她嗎？他認為她無戀愛經驗是一個無人喜歡的女孩。看吧，有人喜歡我，無條件地愛戀我。吻，或者別的……又算什麼呢？我現在感到很煩惱。為什麼呢？一個男人——是同事啊！他不斷地寫信。不要理他就好了。從來沒有理過他，也沒有回過他的信。可是信哪，一封一封地來。很多封，有一大捆呢，很多都沒有拆。妳太忍心，太沒有人情味了。很煩哪。常常深夜派人送麵，送點心到房間來，可是，從來沒有吃過——啊！真了不起。為什麼要那樣堅決——他有羨慕的表情了。深思著，或許會懷疑這話的真實性。但她為什麼要騙他呢？時間處得久了，慢慢就會明白，她不是一個說大話吹牛的人。然而他等不及，立刻來看信。是好奇？還是要證實她在別人眼中有多少「價值」？

「你真不嫌煩？」她從床下的一個小箱子，抱出了那捆信，放在他面前的桌上，撿出了一大堆。「這些都是沒有打開的。現在請你擔任臨時祕書，處理函件。」

真的，他很感興趣地拆起信來。看著，微笑著……但是，她不舒服的感覺，慢慢增加。她感覺對不起那個寫信的人。這樣對付他，確是太不公平。她能禁止他繼續看下去嗎？那是她委託他這樣做的，他該拒絕這種任務。男人和男人之間的聯繫、隔閡……她不明白。誰知他看了信以後有怎樣的想法？

「妳聽⋯⋯」他抖著一張信紙說：「『妳是我夏天的冰淇淋，冬天的熱水瓶⋯⋯』好熱情啊！」

太肉麻、太幼稚、太庸俗啊。他確是一個庸俗的人。可能就是她不喜歡他的理由。但她沒有想辦法去喜歡他。她該和他談天，玩在一起。為什麼不給他一點機會呢？現在他變成大個子的嘲笑對象⋯⋯

「喂，我對妳說：信裡面有錢哩！」他大聲喊叫道。

「錢？」她覺得他有點過分了。一個人不應該這樣嘲弄別人的。

「是啊。」他說：「還是美鈔。」

突然內心感到一陣難過。那人未免太看輕她了。難道這少數的金錢，就能買得她的歡心？用金錢去買愛情的人，的確是太愚蠢了。但是她不知道，一直把錢留在這兒，他還以為她是接受了呢。

「他怎麼說？還有嗎？」

三封信裡有錢，全抽出來，擺在桌上。他說他怕她缺少零用錢，所以寄一點給她，表示關懷她的生活。他本來要送點禮物給她，因為他沒有機會和她接近，不知她喜歡什麼，缺少什麼，才做這樣愚笨的舉動⋯⋯他所說的話像很誠懇、很有理由，妳真會相信他不是為了炫耀自己的錢財，也不認為妳是個拜金主義的人；而只是他的想法天真，用心忠厚？不論怎麼說，這事已成過去。大個子在她身旁，以前的事不用推敲和考慮了。

「妳怎麼辦呢？」胡成學沉靜地望著她，像要從她的表情和動作，看她內心的意志。「不覺得有點歉疚什麼的……？」

「後悔？」她接著說。搖頭、微笑；像是很得意。「退回去。錢。誰沒看過？為什麼要抱歉……？」

他們同時發出會心的微笑。感情的距離，一下子就縮短了一大截。她覺得她已抓牢他的心，他再也不會從她手中滑脫。可是感情這東西，是多麼縹緲，是多麼難於掌握。而他竟離開她有二年多的時間。她現在卻坐在這音樂茶室，聽溫柔的調子……

「我又叫了兩客西瓜，」陳國鑑露著興奮的笑容，用迴旋的舞姿，輕飄飄地坐在她身旁。「妳說過，妳喜歡吃西瓜。剛才的那份不甜，現在的保證不錯……」

他沒有再說下去。一定覺得她對這話題不感興趣了。她不是來聽音樂，也不是來吃西瓜的。那麼，究竟是來幹什麼的？她不知道。

鄰桌的那個男人對她笑——不懷好意的笑。他聽到他們說些什麼了。她想，她應該回家，為什麼要和他纏在一起呢？她不知道。瑪麗說，忍耐一點的好。男人的心，誰都捉摸不到。假使妳能忍耐一下，大個子還會跑得了？跑了又怎麼樣？她不在乎。可是面子被抓破了，心碎了。吳瑪麗說。妳性子太急了，誰知道他心裡打的什麼壞主意？毛雨秋說，男人算什麼呢？走掉一個，再找一個補上；太簡單了。然而她們不是妳，不能代表妳。妳自己還得苦惱。全部的事情，都是妳自己弄糟了。妳既然愛他，喜歡他，為什麼要故意做作呢？

一切都準備妥當，衣服、日用品都收拾好了。還有瑪麗的那張空床，她都要帶著，和他住到一塊兒去。他很早就給她暗示了：「真不錯，瑪麗他們沒有結婚，已經先同居了。」他倆也和瑪麗他們一樣互相愛戀，為什麼不可以先住在一塊兒呢？

好啦，這一天終於來到了。他說，他要來接她同去。她感到又興奮又驚奇。她一直認為他是個正人君子；而他表現的也確使她滿意。可是現在她就要將靈魂和肉體一起奉獻給他了。她不怕他，他的道德心和責任感都很重。當然不僅是為了這個理由，而是她實在太愛他了。為了愛情，什麼犧牲都值得——她可以犧牲自尊、名譽、金錢……可是，她到這最後的一刻，還不知道他是否真正地愛她？他仍是那副滿不在乎的樣子，離開她或是親近她，好像都沒有兩樣。這是多麼奇怪的一個人啊！就這樣跟他一塊兒走，未免太委屈自己了。

「為什麼到現在才來？」

「現在並不遲啊。」他舉起左臂看錶：「妳知道的，我是很忙啊。」

她也低頭看錶：八點零五分。她已等他一個下午了。今天是禮拜，她料想他會在一點或是兩點左右來到這兒，幫她整理東西，然後他們商量商量，一起去游泳、划船、看電影……痛快地玩個下午，再和他——這該是個不平凡的日子，要用興奮和瘋狂的心情，去迎接那新奇的美妙的愛情。然而她是女人，她不能表現在臉上、言語上或態度上。只能裝得冷冰冰的，像一切的事都沒有發生，一切的東西都沒有準備；儘管她自己的一切都準備好了，但他走進房間，看不出她和平時有什麼不同。

「我知道，你當然很忙，」她埋怨地說：「你有你的朋友，你要陪他們在一起。我在你的心中、眼中，沒有一點分量。」

「何必嘛！」他看了看她，又低下頭去。「說這些話有什麼意思。」

什麼？他不否認他有女朋友。也不承認他愛她。進門來，也不說要她整理東西，和他一道去——難道要由她自己說：我愛你，帶我走，占有我……妳真是那樣低賤，一切都由他占上風，妳愈是委曲求全，而他愈會輕視妳，認為妳是個隨便的女人。

「我知道，我知道。」她又氣又恨，眼淚在眼眶中打轉。「我配不上你，你也不喜歡我，你還是去找你喜歡的人吧！」

她想，他會走到她身旁，輕撫著她的肩、她的髮，慢慢地，甜蜜地吻她、吻她。然後輕聲地說：「妳是我最喜歡的女孩，不要生氣，我們一道……」

但是，沒有，他一點表示都沒有，只是在旁邊冷冷地看著她。他平時的冷漠和一百二十個不在乎的態度，又表現出來了。她突地覺得她一點都不了解他。她為什麼要先和他同居，那是多麼荒唐的一個想法。或許他只是隨口說說的，根本就沒有那意思，而她竟信以為真。

他的責任感很重。是的，他怕負責，不想「玩玩」就拋開。所以他又改變主意——誰知道他打的什麼壞主意。

他們都不講話，沒有什麼話好講了。他伏在收音機旁，轉到溫柔的調子……走了，默默地走了。有沒有說「再見」呢？她不知道。就這樣輕飄飄地失去大個子……

西瓜送來了，她不想吃。鄰座的男人，仍盯住她。多討厭哪！為什麼不能靜靜地，只有他們兩個人？他為什麼不提議，我們走吧！到安靜的地方去談談……陳國鑑不是那種人，他不會碰她的手、身體，更不敢吻她……她感到焦躁和不安。有什麼事會發生呢？發生什麼事，要比坐在這兒靜靜地被人一片片地「割肉」要好得多。她想，鄰座的那個人，正在割她的肉哩。

她坐直了身體，拿起叉子，吃了兩小塊西瓜。這是音樂茶室，有緋紅的燈光，溫柔的音樂。她該把精神振作起來，掙扎一番。不要想得太多了，一切的事都會變好的，還不相信嗎？吳瑪麗、毛雨秋都熱心勸慰過她，但那有什麼用，他再也不來了。她曾寫過信給他。他也寫來回信。幾個字，冷冰冰的，使她失望透了。瑪麗的男友，舉行一個家庭舞會，想把他們兩個再拉在一起。可是，她很早就到了，筆直地坐在那兒，眼睛瞪著門口，希望那高大的身影擠進門，站在她面前，說，陪我跳一支曲子吧。

他跳不好，甚至於算是不會跳。別的女孩子，都不願和他共舞的。但她不在乎，只要偎依在他身旁，旋律、節拍、舞步，又算得了什麼。等哪！等哪！她一直沒有跳。絕望了，他沒有來。回家，躺在床上，心像挖了一個洞，用什麼東西填補呢？毛雨秋說：在舞會上，有一個人一直注視著妳。妳知道嗎？不知道。什麼樣子？禿頂、戴四百度近視眼鏡，叫……

她側轉頭仔細地看他，希望多了解他一點。牙齒很白，很整齊。妳怎會從外形去了解一個人呢？和大個子在長久的交往裡，在最後的剎那間，會突然不了解他。是不是了解，對妳又有什麼重要？她和他有三次晤談，她什麼都沒有講，他對她了解多少呢？

音樂停了，又響了。換了一張唱片，是狂囂的熱門音樂。她的每根神經都繃緊了，煩躁的感覺，在她心窩膨脹，膨脹……鄰座的兩個人耳語，嘻笑，仍不斷地盯著她。額角、頸項滲出汗珠，啊！手心裡全是汗水。眼睛像蒙著一層灰白的霧。不能靜一點嗎？

「你懂得愛情嗎？」她大聲問，希望她的聲音不要被音樂蓋掉。

「噢，噢……愛情？懂的——不大懂。」他痴痴地說，突然也緊張起來。

「你會說情話嗎？」

「我不大會。但，……但……是，我會學的。」他臉上掛滿困惑的神色。「到時候，我會。我會說一些簡單的……」

鄰座的男人，也很吃驚了。他和他的同伴，一定也聽到她所說的話。吃驚就讓他們吃驚吧！

「為什麼你沒有肯定的答覆？」她的左腿疊架在右腿上，壓縮著膨脹的不安的情緒。

「我需要一個懂得愛情，會說情話的男人。婚後也能談情說愛。永遠保持狂熱的愛情，我要統治男人、駕馭男人；男人必須容忍、接受……你能嗎？」

「妳，妳不要開……開玩笑了。妳不是那種人。」

她突地笑出聲來。歪著頭問：「你知道我是什麼樣的人？」

「我不知道。」他的額角開始冒汗了。

她忽然想起大個子講話時的語調。

「喂，我對你說，你知道我愛過一個人嗎？真正地愛。」

「知道。」

「你知道有個真正愛我的人嗎？」

「知道。」他從褲旁插袋裡摸出白手絹，擦拭臉上的和額頭的汗水。

「那麼，你想從我這裡得到什麼呢？」她又要大聲狂笑。但是，她終於忍住了。因為她看到鄰座的那個男人在對她做鬼臉。是罵她瘋狂？還是讚許她勇敢？她說出真話、說出心中想說的話。這是一個虛偽的世界，冷酷的世界。誰要說真話、熱情的話，便要被認為是呆子或是狂人。

「我想，妳會慢慢改變的。」他把眼鏡除下，用手絹擦著鏡面。「那是過去的事了。過去的事是不值得懷念的……」

什麼？這是瑪麗說的？毛雨秋說的？妳真應該聽從她們的話，接受現實給妳的考驗？他說妳是他最喜歡的女孩，而他現在和她差不多高的性感的女人訂婚了。他又會在她面前說：「妳是我所見過的女孩當中最喜歡的一個。」而她會倒在他懷中，接受他的親吻、愛撫……男人的話都不可靠。所有的男人都是一樣的。為什麼她要對愛情那樣認真呢？

禿頂，四百度近視眼鏡，潔白的牙齒，拘謹的性格……還有什麼特徵？她想不起來了。為什麼要對他說那些大家認為瘋狂的真話？她必須裝得很嬌羞，對一切的言語和動作，都要矜持。然後人們才說：她很高貴，她很純潔……天哪！

不能靜一點嗎？陌生的男人，一定要看著她嗎？她想回到寢室，躺在床上，一個人靜靜地想。如果瑪麗她們在家，她要問她們，她究竟是說錯了，還是做對了？

她一手捏著皮包，一手撐著桌面站了起來。她說：「我要走了。」

「可是，我們的話，還沒有討論完。」他慌急地戴上眼鏡，跟著站了起來。「而且，妳說過，我們要去看電影的。」

「我頭痛，我要回家。」她冷冷地說。「未來的日子還多著哩！」

「要我送妳回去嗎？」

「隨便。」她說著，直向門口衝去。音樂的響聲更狂更鬧了。她對自己說，為什麼不能靜下來呢？

——原載《幼獅文藝》雜誌

前妻的震盪

程學安摸著渾圓的把手旋轉時，突地起了一個奇異念頭：希望打開門會發現家中有了變化；變得和以往大不相同。剎那間，意識模糊，他不知道自己為什麼有那種想法；更想不出要怎樣的變化才合自己的心意？家中每個人的容貌、表情、說話的語調……桌子、床架、牆壁上的畫片……迅速地在腦中滑過，他抓不住一隻椅角，一個眼色……

門推開了，太太歪在籐椅上織毛衣，兒子和女兒對坐在方桌旁做功課。懸在半空的電燈泡，吐出紅紅的光。一切都是老樣子，像死般沉寂。他深深吸口氣，側身挨進門；再控制不住自己的失望和憤怒了，猛力將門闔上，響聲使屋中的人同時抬頭盯著他瞧。

他沒有看他們，慢慢脫去上衣掛在門後的長釘上。在轉身的當兒，眼角瞥見太太臉上有驚異和困惑的表情，像不知道她說錯或是做錯什麼得罪了他。可是，她怎會知道呢？她什麼都沒有錯，錯的是他自己，而他卻把全部責任推卸——他分不清自己將怎麼做，又要做些什麼？煩躁、歉疚、不安的感覺，在心中亂糟糟地糾纏著，又有誰，用什麼方法解開這個結呢？

「晚飯吃過了吧？」太太的聲調很柔和。

「唔——」

他打開牆角旁疊好的木椅，重重地坐下。她沒有問他和誰吃飯？在什麼地方吃飯？難道他就這樣大聲告訴她嗎？兩個孩子正聚精會神地寫作業，明天或許就要考試了。他以前一直沒有關心孩子們讀書的事，沒有盡到做父親的責任；今天還能打擾他們寧靜的學習氣氛？

「你讓我們好等啊！」太太說：「事先又不打個招呼，我們剛吃了一會兒哩。」

他轉頭看桌上的鬧鐘，八點過五分。比平時下班遲回了兩個小時。可是，事前怎麼知道呢？那是偶然發生的事。他從來沒有想過——夢中也沒有想過，他離了婚的太太和他在一起談天、吃飯……那是不可能的；但事實確是那樣：下班了，他順著大門外的冬青樹甬道向前走，周萍突地叫住他。他們離婚以後，一直沒有見過面。十五年的時間，她長大了，更成熟了，他突地見到她真猛吃一驚，不知她是路經此處還是特地在那兒等他，總之，他和她並肩走在一起了。

他想，她會很快和他分手的。以前她嫌他是個沒有幽默感而又不懂生活情趣的男人，無法共同生活。今天他沒有比以往進步了多少，她會對他的談話和生活瑣事感興趣？可是，她嘮叨地問這問那，像很關心他的一切。他很謹慎地回答每句話，但不安的感覺慢慢在增加，假使有認識他的人，看到他和離了婚的太太，親密地談話，將會搬弄出多少是非？他提議到附近的小飯店吃飯，他想，她沒有理由要和他在一起吃飯的，一定推辭不去；那麼他就可以離開她了。誰知她沒有走開的意思，陪他吃飯談天。她是一個多麼奇怪的女人啊，十五年的時間，把她的性格改變了不少。看起來好像比以前要溫順可愛得多，但她為什麼要纏著他，不讓他回家吃晚飯呢？

「家裡的人要在家裡等我了，」他說：「我真想不到會在這兒碰到妳——」

周萍不讓他說下去。「你現在生活過得快樂嗎？」她說：「你們的個性合得來嗎？」

他愣住了，不知她為什麼要這樣問他。他一直沒有想過這類問題。周萍認為和他個性不合、生活不快樂，才要求離婚的。一直到今天，他還不明白，周萍所說的不合和不快樂是指的哪些事情，為什麼她又把這老問題提出來問他呢？現在的太太和他結婚這麼久，大女兒已讀初中二年級，怎能說個性不合、生活不快樂？

他說：「我不知道。」

他看出周萍對他的答覆有不滿意的表情；但他為什麼要和她談這類問題呢？他們可以談天氣、工作、小說、電影……談話的時間好長；但他終於離開她，回到太太身邊。好像一切都不是真的，他現在不相信這離奇的事實曾發生在自己身上哩！

家中的人們都靜靜地工作，唯有他靜坐在這兒；他該找點事出來做做嗎？看書，劈木柴？整理牆上的地圖、風景畫？……他要吵鬧得大家都不能靜下心來放棄工作嗎？織毛衣是沒有進度的，可早可遲。孩子們讀書就不能耽誤了，看樣子他們都是分秒必爭。

他倏地站起身來，從書架上抽出一本書，信手翻了幾頁，不想看下去。於是，他又放回原處。這是多麼無聊和孤獨的世界啊！周萍說：你生活過得快樂嗎？他想：很不快樂。

在屋中轉了一圈。他對太太說：「我們去看電影好嗎？」

太太遲緩地抬起頭，手中仍不停地織著毛衣。「今天又不是禮拜。」

當然不是禮拜，這還用她提醒；除了禮拜天以外就不能有消閒活動？

「爸爸，真的，今天是禮拜四。」十三歲的兒子搶著告訴他。兄妹兩個都停下功課，抬頭看著爸媽，這是一個好機會，他們也想利用這時間去解愁散悶嗎？

「不關你們的事，你們好好念書做功課。」他用譴責的口吻告訴他們，然後轉過身來對太太說：「今天沒有事，悶得慌，孩子們留在家裡，我們出去。」

「忙了一天，累死了，」太太嗓門高起來，說得又響又快。「我不去。你高興，你自己去吧，我管不著。」

他彎著脊背站在太太面前，她沒有看他，手指急速翻動，織針繞著絨線穿梭。他面孔有火辣辣的感覺，他沒有轉身，但隱隱地覺得孩子們都歪著頭，瞪大眼睛向他凝視。她為什麼要這樣對待他呢？在兒女們心目中，他將是一個滑稽的人了。

慢慢轉過身軀，右手伸進褲旁插袋，摸到那張摺疊得方方的紙塊。這是周萍的地址。周萍說：自從我丈夫死後，真悶得慌，歡迎你隨時來玩。他真的要去找她嗎？太太不陪你，感到寂寞、無聊，當然可以去找那喜歡和你談天的人。可是，那樣的後果能預料嗎？十五年以前，周萍不是一個好太太；那是因為她太年輕了。十九歲的孩子，怎不喜歡跳跳蹦蹦？爬山、郊遊、跳舞、看電影……需要你陪她。你是一個不喜歡動的男人，便認為她是一個輕浮的，不能過共同生活的太太；而她也說你是乖僻、孤獨、不懂得體恤太太的丈夫。好吧，離婚，當時他真不相信那是事實；但手裡抓著簽過字的離婚證書，打開自己的家門，發現屋中只有自己的影子在搖晃時，才確信他是真正地失去她。十五年的時光使她變了，變得願意和你這個呆板、笨拙的男人談天……他真能和她談得投機，玩得起勁麼？

「那麼，」他說，猶豫地望著兩個孩子。「我帶玲玲和樹強去——」

「你想到哪兒就說到哪兒，」她提高嗓子岔開他的提議。「孩子要做功課，又不是禮拜天。你真是，真是神經病……」

他感到耳中一陣嗡嗡的聲音，塞住了太太的話。兩個孩子都睜大眼睛，詫異地看著他。他不知道孩子們願不願意跟他去看電影。如果他狠狠地對他們嚷：「收起你們的書本，跟我走！」孩子們如只是瞪他一眼，再低下頭寫他們自己的作業，他將怎麼辦？執行父親的權威嗎？太太出來干涉——自己實在沒有理由，要做功課的孩子，陪他去逛街看電影。即或孩子勉強跟他出去了，他們十二萬分不願意，萎縮地陪在他身畔，不能談天，不能說笑，又有什麼意思？孩子怎能分擔他的思想、愁悶……？

這的確不是好辦法。和太太、孩子們出去，不會使你感到愉快，只有增加煩惱。太太數說不盡的家庭瑣事：房租啊、水費啊、鄰居張太太說壞話啊……孩子們問長問短：那個男人為什麼要打她？她在水裡能看見游魚嗎？那個女的為什麼哭……？大家都不願出去，你為什麼要向外跑？孩子把你看作怎樣的一個父親呢？你在家中一點地位都沒有了，他們都要把你認作神經病——真痛苦。周萍問，這麼多年來，生活過得美滿嗎？不能回答，沒有辦法回答。你是道地的男人，一家之主；而家中人都認為你是神經病。現在你立刻可以敲開周萍的門，跪在她面前向她訴說，我錯了，我們的分離是錯了。我們都可以忍耐下去的。只要稍微忍受一點，我們就會繼續生活下去；誰會知道另一種婚姻就能幸福、美滿……

他轉過身，避著燈光。但仍不放心他們用怎樣的目光看他。在轉身的當兒，又很快地窺視他們一眼。孩子又低頭做功課了，太太像根本不知道有他這個人存在，正把全部精神集中在編織上。是的，結婚這麼多年了，太太看穿他的一切；看清他不是一個了不起的英雄。沒有什麼值得重視和顧忌的地方——又老又窮又沒有地位，能翻出什麼花樣來。她永遠不會料到離了婚的周萍，隨時可以搶走她的地位——那太可怕了。他不該這麼想的。婚姻不能像買賣青菜蘿蔔。孩子怎麼辦？他們將要失去母愛了。是的，該讓他們知道一點厲害，你並不是像他們所想的那樣無用。只要你不負起丈夫或是父親的責任，他們就要遭受苦難。三十五歲的離婚女人，能有多大前途？那時，她就該知道不應隨便輕視、冷淡自己的丈夫。後悔有什麼用呢？你一定要硬起心腸，不顧她的痛哭。傷心的事多著哩！何必管她。周萍很安靜地陪你談天，尊敬你，把你當個丈夫看待。你又昂起頭走路，生活對你又滿有意思，一切都是那麼安詳、甜蜜、舒適……。

他在屋中踱蹀了一圈，無法安靜下來。那只是他的幻想。周萍真有和他重圓破鏡的意思？她不過是隨便和他談天一會兒，其中僅摻雜一點懷舊的情意，他怎好當真？就是她真願意如此做；自己的太太、孩子呢？她們都沒有錯；錯的是你自己。

他走出客廳，跑進廚房，匆忙打開碗櫃門，伸手一摸，又縮了回來。低頭向櫃內巡視，沒有。為什麼會不見了呢？他記得清清楚楚，是擺在左角落的，那必定是她藏起來了。站在廚房門口，他直著嗓子喊：「酒瓶是誰拿的？擺到什麼地方去了？」客廳裡沒有回音。是沒有聽到，還是故意不理他？太太反對他喝酒。可是在煩悶的時候，少喝一點，又有什麼關係？她真要控制他的生活？控制他的思想？思想是沒有人可以控制的。現在，他內心可以詛咒她；也想到去找周萍，甚至於還想和太太辦理離婚……為什麼她要把他的酒瓶藏起來？他要借題發揮，趁這機會和她大鬧一場。絕不顧慮後果，天才知道有怎樣結局。

他衝到太太面前，手指著她，大聲喝道：「趕快說，酒瓶藏在哪兒？不然……」

「誰藏你的酒瓶？」太太眼睛豎起來。「為什麼不到碗櫃頂上去找找？」不是她藏起來是誰擺上去的？有了答案，他也不去追究根源。今天一切都不如意，煩悶加上無聊，用酒澆愁，味道定然不錯。酒瓶抓在手內了。像流浪漢一樣，昂著脖子向喉嚨內倒嗎？他沒有養成這習慣，必須低斟淺酌才夠意思。可是沒有下酒的菜，也沒有人促膝談心，這是個黯淡的世界。他現在想不起和周萍那段結婚生活了。周萍對他的一切不也是漫不經心嗎？他自己對周萍又是如何呢？

是的，他不該再想下去，今天想得太多了。周萍和他話舊片刻，卻惹起他萬種情懷，那究竟有什麼用？幻想不能成為事實啊！太太和孩子在你身旁，但你覺得自己的心離開他們很遙遠。他們是不是真和你有一段距離？眼前只有半瓶老酒，而你必須把它喝下去。下酒的菜，還得自己設法。他知道那隻大的玻璃瓶內有二磅蠶豆，但得自己升爐子起火去炒，那真是太麻煩了。事情繁雜他倒不在乎；可是，他沒有這樣心情。為什麼她不來照顧他呢？太太應該關懷丈夫的嗜好、行動和心情。這想法太落伍了，誰都沒有義務照顧誰，只是要看各人的責任感輕重。他立刻可以離開家去敲周萍的門——他又伸手摸到那張光滑的紙片，周萍為什麼要給他地址呢？離開十五年，他的孩子已長得很高很大，「覆水難收」這句話，她難道會不明白？天下有很多事，做錯了往往就無法挽回；當初她為什麼要那樣任性呢？

對了，半瓶酒。不論怎樣你是不會喝醉的。豎起瓶子直接倒進喉嚨，並不是太困難的事，現在你不必講究風度和文雅了。這口悶氣實在很難發洩，太太不再愛你了嗎？你要怎樣維持這個家呢？他們認為你是神經病。為什麼要把這個名詞加在他的頭上？

「咕嚕」一聲，他倒一口酒進入喉嚨。味道又酸又苦。何必要受這種活罪？有點下酒菜就好了，能叫孩子出去買嗎？太太又有怎樣看法？要耽誤孩子做功課的時間，不像一個好父親。真痛苦啊！顧慮太多了。還是喝自己的苦酒吧。一切都應慢慢忍受的。

「爸爸，要花生米嗎？」大女兒衝進廚房。「是油炒的，很鹹哪。」

他摘下傾斜在嘴邊的酒瓶，愣愣地望著滿臉稚氣的女兒；然後慢慢地說：「要，要。在哪裡？妳真乖，拿來吧，妳真想得周到。」

女兒蹦跳至碗櫃前，兩腿蹲下，打開一層，捧出裝花生米的盤子。她說：「我才想不到呢！媽媽說的，剩下的還要放進去，老鼠會偷著搬呢！」

他還沒有時間考慮女兒所說的是什麼意思，她已把盤子放在摺起一半的圓桌上，又蹦跳地走了。

活潑跳躍的女兒背影在眼前消失了，他把酒瓶沉重地放在桌上，碰著盤子，花生米「骨碌」地滾著，他禁不住問自己：「你真有神經病嗎？」

——原載《幼獅文藝》雜誌

感情陷阱

王梅娟用鑰匙把門鎖打開，悄悄走進屋子。一切和她預料的一樣：靜靜地沒有任何人在家。

她輕鬆地嘆口氣，把書包抛在木柄籐椅上。旋轉身打開書桌上的檯燈，便見壓在藍墨水瓶下的紙條。

娟：

媽回來要遲一點，妳自己做飯吃。如果妳爸下班回家了，告訴他到張伯伯家找我。

媽媽　中午

梅娟抓起紙條，用力揉做一團，摔在水泥地上。但她立刻又覺得不對勁。連忙從地上撿起，把紙條扯直摸平，仍放在桌上。

這是個好機會，她想，如果爸爸看到這紙條，就要去張伯伯家，那麼她就有時間走得更遠、飛得更高。現在最要緊的該是收拾東西。

她竄進自己房間。啊！真糟糕。房間裡的東西真多。裙子、外套、毛衣、長大衣、洋娃娃……衣架、壁櫥、床鋪上到處都是自己心愛的衣服和物品。平時不夠用，這時要走了，卻覺得件件都寶貴。捨不得丟這、丟那，難道是自己太小氣？

從壁櫥的角落裡，拖下一隻小旅行箱。打開後，只放幾件衣服就滿了；可是自己需要的東西還有那麼多。

壓緊一點吧。皺了不要緊，穿的時候燙燙就行。旅行箱堆得很滿了；這件格子呢大衣還沒有放進去。天氣冷了，女孩子貼身的衣服穿少一點不要緊；假使不穿大衣，就顯得特別寒酸。大衣套在身上，昂頭挺胸走著，那就不會有寒冷的感覺。

她把小箱子裡的衣服一件件向外拖。當然要把大衣帶走。

大衣是紀念品。如果不是去年過新年做這件大衣，她就不會有值得紀念的今天。

做大衣的錢，是媽媽打牌贏來的。媽媽說：「小娟，妳老是反對媽媽打牌。妳看，現在贏了錢，讓妳做件大衣過年。」

「我不要。」

「妳這傻孩子，為什麼不要？」媽媽睜大眼睛瞪著她。「妳現在不小了，馬上高中畢業了。要練習像個大人的樣子。」

「我就是不要。」

「為什麼不要？妳說個明白。妳一直是要買大衣的呀！」

「我不用妳贏來的錢，」梅娟賭氣地說。「那是髒錢！靠不正當手段賺來的錢，都是髒錢！」

母親尖著嗓子格格笑。為什麼是不正當手段？不偷牌，不抬轎子，是靠本領和運氣贏來的。再說，要贏，就得花本錢。坐上桌，要賭本；三年、五年打牌，輸的錢算是投資和學費。用那麼大的資本，賺了這麼一點利息，還算是不正當手段？

不論媽媽怎樣說，就是不接受那筆錢。但爸爸在旁邊急了，先是擠眉弄眼，示意她收下。她裝著不懂或是沒有看見。爸爸突然大聲說：「小娟，媽媽的好意，妳就接受，趕快去做大衣吧！」

她真氣爸爸不顧面子，天天和媽媽為賭錢吵架，見了那一點點錢，就要向媽媽低頭，以後怎能再反對媽媽打牌。

爸爸接著說：「妳如果不去做大衣，她馬上拿那筆錢又要去賭，說不定明天或是後天就輸光了。」

爸媽都笑起來。她只好陪著他們去做大衣。

小娟抱著綿軟軟的大衣，輕輕地摺疊好。再把活動領子放在最上層。

箱子內東西仍然太多，箱蓋蓋不攏。還能把什麼衣服抽出來？那都是自己早晚必須用的東西啊！

她把頭歪倒在打開的箱子上，面龐貼緊在毛茸茸的大衣上。不帶這件大衣，就可以帶走不少東西。毛得遜說：「什麼都不要帶，我們像旅行一樣。住定了以後，再慢慢地購置必需的物品。我有錢。有了錢，什麼都買得到。」

毛得遜是男孩子，說起來輕鬆。他那裡會想到一個女孩子離開家，有多少不方便；有些東西不是一下子可以買得齊的。

這也難怪，毛得遜仍是擺老闆脾氣。家裡開時裝店，背著兩隻手看錢往家裡流。她和爸媽跑了一條街，都找不到合適的料子。不是嫌顏色太豔，就是嫌料子太薄；顏色和料子適合了，又嫌價錢太貴買不起。到了「華美服裝總滙」，料子看好了；只是為了價錢爭執。一件大衣，買賣價錢雙方相差二百塊。媽媽一個錢也不加，店員一塊錢也不減，互相僵持著。

他們三個人，已走出店門了。插著手在旁微笑的老闆說：「賣吧！蝕本也賣給妳。」她當時就覺得毛得遜不錯，媽媽賭錢時上千地輸，贏來的錢買東西又是那樣吝嗇。如果不是毛得遜慷慨大方，不知還要跑幾條街呢？

取大衣的日子到了，梅娟不想去拿，和媽媽賭氣。她經常和媽媽賭氣的。同時又覺得到毛家服裝店太難為情，她真怕和那些爭價錢的店員見面，當然最怕見面的還是毛得遜。從進店門起，她就覺得毛得遜，一直微笑地看著她。那是什麼意思？她的頭髮式樣和身上穿著，都是中學生打扮。中學生離開學校，就不能穿大衣？

爸爸媽媽再三催促，實在無法拖下去了，只有去「華美」拿大衣。

什麼？因很久沒有來拿，早晨被另一個顧客看中買走了。這簡直是欺侮人嘛，別人錢多，你們看上錢，就不顧商業信用！

店員陪不是，陪千萬個小心。原來的料子照做，連夜加工趕製。

不要了，退錢！梅娟生氣地揮舞著手臂。有錢什麼地方買不到大衣？

老闆又笑嘻嘻地站出來。道歉，陪笑臉。「人無笑臉休開店」的話真是不錯。

「料子已經剪裁縫製了，」毛老闆說。「妳不要，又給誰？」

「錢多的人有的是，還怕沒人要！」

店老闆陪千萬個小心。大衣做好送到家，留個地址就行。

真的送到家了。大老闆坐計程車送，雙手捧著長方形的紙盒子。家裡沒有人，媽媽打牌了，爸爸和媽媽賭氣出去一整天，和今兒晚上一樣。毛得遜以後來時，家中經常沒有人。

梅娟突然驚醒，猛地縱起身，把大衣從箱中拖出。把先前拿出的東西又塞了進去。她太笨了。大衣可以穿在身上，又可擱在手臂上；為什麼事前沒有想到這一點。

她該快點收拾。爸爸說不定什麼時候回家。也許到深夜，說不定下班回家吃完飯再出去。如果看到她這樣子逃走，她所有的計畫就告吹。

箱子裝滿了放在一邊。還要換去身上的學生制服。今天是她特別興奮的日子，從此以後，這套衣服不要再穿了，她將以另一種身分出現。再不是王梅娟、王小姐；而是毛太太——毛得遜太太。高跟鞋，尼龍絲襪，穿長大衣，燙頭髮。再不要在家裡聽爸爸媽媽吵架；也不會放學回家看不到人，還要自己弄飯吃。

梅娟把那雙參加宴會的尼龍絲襪找出來，只套了一隻腳，就感到猶豫起來。

她現在還不是毛太太。毛得遜嘴上說得好，他要和太太離婚。可是什麼時候才能兌現啊？

如果早點知道他有太太，不和他來往就好了。當時真想不到，那樣年輕的大老闆，會在送過大衣以後來陪她在家中聊天。一次、兩次、三次——她早該趕他出門的。

那有什麼辦法呢？毛得遜像都算好她單獨在家才來的。她滿腔寂寞、怨恨，正沒有辦法傾訴；有個人談談的確可以解解悶。而且他人長得又「帥」，說話又甜；怎樣都猜不到他有太太。現在知道他是個有妻子的男人，卻沒法從自己心中把他趕走了。

一雙襪子穿好了，高跟鞋也套在腳上。試走了幾步，不習慣，那是因為穿的次數太少，穿久了就會神氣起來，用不著焦急和憂慮。

一切都收拾好了。梅娟的目光巡視自己的房間一周：鏡子、化妝品、牆上剪貼的明星照片，還有睡在壁櫥角落裡和床頭的許多洋娃娃。

每年過生日，爸爸總買一個洋娃娃送給她。買來的洋娃娃，一年大似一年。可是，不論怎樣大，洋娃娃和她睡在一起，只有她一半長。

她白天夜晚都很寂寞，只有洋娃娃陪伴她。今後可好了，她有毛得遜陪她在一起，就用不著那些洋娃娃了。

右手提黑色旅行箱，左臂挾著大衣，走出房門，再掉轉頭，對仰在床頭的洋娃娃說：「洋娃娃再見！」

再見了，一切都再見了。包括爸爸、媽媽，學生生活和少女生活。

她走到書桌旁，用蘸水鋼筆，在媽媽留給她的紙條後面，加了幾句話：

爸、媽：我走了。

放學回家，我不願意燒飯，也不願看媽媽成天打牌；更不願意看兩位老人家成年累月吵架。你們不要找我。我自己會處理自己的事情。我不能再蹲在家裡過寂寞的生活了。我太怕寂寞了！

再見，永遠再見！

拋下紅桿鋼筆，她覺得寫得很滿意，拎起小箱子向門外走了，彷彿又有點不對勁。她今後的日子，短期間內，可能比在家還要寂寞。毛得遜不能和她生活在一起，現在只能偷偷摸摸的，假借到中部、南部分店視察業務的名義，和她住幾天。等離婚的手續辦完了，才能晝夜地廝守在一起。為了未來的幸福，她不能不接受眼前的寂寞。紙條上的話需要改一改嗎？

不需要。但她應該帶走一個洋娃娃。

旅行皮箱放在擺書包的椅子上。梅娟又匆匆地趕回房間，抱了一個洋娃娃在手中。她單獨一個人時，仍由洋娃娃陪伴。看樣子，她將在短期間，離不開洋娃娃了。

走出房間，用力把門闔起。她再不要走進那發霉的地方了。

梅娟迅速地衝到椅旁，提起旅行箱，便向門外走去。

到了門口，就看到父親，歪戴著無頂的絨帽，手裡抓著晚報，搖搖晃晃地走過來。

父親問：「妳去哪兒？」

「我……我去……」她結巴地說不出話。的確沒有想到爸爸這樣快回來；或是說忘記這正是爸爸下班的時間，沒有想妥應付爸爸的話。「去……去旅行。」

爸爸上下打量她。「去旅行？現在不是寒假，又不是暑假，又旅什麼行？」

沒有錯，爸爸說對了。這隻旅行箱，就是暑假時為了旅行，才由爸爸買回；現在當然不能再去旅行。爸爸的眼睛仍然盯住她。她的樣子一定很滑稽。左手提箱子，右臂擱著大衣，還抱著一個洋娃娃。

「旅行還要帶洋娃娃？」父親已走到書桌旁，把晚報摔在桌上，迅速地低頭看藍水瓶壓著的紙條。

梅娟的臉龐發燙，一會兒便燙到頸項。無論如何沒有想到，她會站在旁邊親眼看父親讀那些胡說八道的話。現在上前去搶也來不及了，只好乾瞪眼讓爸爸念下去。

她倏地起了一個念頭：為什麼還要呆站在這裡？這正是她逃走的時候啊！踅轉身，便向門外衝去。可是高跟鞋、旅行箱、洋娃娃拖著她走不快，也走不遠。

她聽到爸爸在身後大叫：「小娟，小娟，站住！聽我說。」

當然她不想站住，但再走幾步，爸爸就擒住她了。

「先回去，有話好好說。」

她擺動著肢體說：「我不要回去。讓我走，我和您『再見』。」

「妳為什麼要離開家？」爸爸仍抓住她不放。

「我在紙條上已寫好了，我怕寂寞。」

「不要站在路口講道理：路上來去的人多。回去把話說清楚，我會讓妳走的。」

父親已把她手中的箱子奪過去。她也怕左鄰右舍的熟面孔，不得不跟父親回家。她抱著洋娃娃和大衣，僵立在屋中，不想坐下。話談完就走，不必再留戀這個家。

爸爸問：「妳到底去哪裡？」

「我去結婚！」

她看到爸爸先是一愣，接著便哈哈大笑起來。「這是喜事啊！為什麼不告訴我？我從來沒有反對過妳的意見啊！妳為什麼要瞞住我？」

真的，爸爸從沒有反對過她任何行為。只是她內心覺得這件事不大對勁，所以才不想告訴爸爸。實際上說穿了還不是一樣，爸爸反對也沒有用。

梅娟說：「還沒有到結婚的階段，只是先和他在一起。」

爸爸面上的笑容收斂，搶著接上去：「妳是說『同居』？」

爸爸把「同居」兩個字說得特別響亮。她緊皺起眉頭。心中怪爸爸為什麼要說得那樣難聽。她本來不想回答；但胸中的一股怒氣逆伸，話在心中很難停留。

她說：「是的，先同居，然後再結婚。」

「為什麼現在不結婚？」

「對方和太太離婚的手續還沒辦好。」

剎那間，她看到爸爸的臉色發白，鬍鬚和頭髮彷彿也跟著變白。她心裡感到好笑，這又有什麼值得驚奇的。只要毛得遜愛她，遲結婚和早結婚又有什麼兩樣。

爸爸像是撐持不住了，倒在門旁的籐椅上，呻吟著說：「妳……妳為為什……麼要有這樣想法？」

「因為你們不管我。媽媽只顧打牌，爸爸不是在外面遊蕩，就是在家中吵鬧。我不是被寂寞逼得要哭；便是被吵鬧逼得要死。書不能念，覺不能睡，吃飯沒有一定的時間。與其在家裡活受罪，還不如到外面去尋找自己的生活。」

她一口氣說完心中想說的話，覺得舒服了不少。可是眼見爸爸兩手抱著頭，像快要哭出來了。

爸爸說：「妳為什麼不等別人把婚離定了，再去——？」

「我等不及。」

「妳等不及，妳就走吧！」爸爸把腳旁的箱子踢一踢。「妳走了，我在家更蹲不住。我也要走了。」

「爸走了，家怎麼辦？」

「讓妳媽去自由處理吧！」

突然之間，她感到爸爸又老又可憐，真不想離家。可是，毛得遜在火車站等她。他說：「妳一定要來。等到天亮，我都要等到妳。」就憑這句話，她就值得為毛得遜犧牲了。

她拎起箱子向外走時，爸又喊住她。「妳去什麼地方？」

「還沒有決定。」她想，爸爸還在動腦筋挽留她，讓她出走，絕不是真話，她當然不能把真話告訴爸。

「妳跟誰一道走？」

女兒遲疑了一下，咬一咬牙，表示自己的決心。她平時對爸爸倒無所謂，只是十分地恨媽媽。媽媽如在這兒，她就不會說得這麼多了。

她說：「是『華美』服裝店的老闆。」

「叫……毛……毛什麼？」

「毛得遜。」

爸爸猛地跳起，把他帶回的、捧在桌上的晚報，打開在她面前，厲聲說：「妳看！」

她順著爸爸的手指方向看去，只見黑壓壓的大標題在眼前躍動：

華美服裝總匯

驚傳惡性倒閉

毛得遜捲款潛逃已被警方扣押

她還想仔細看新聞內容；可是全身戰慄，雙眼冒火花，暈眩又暈眩，她馬上就要倒在地上了，根本就看不到那扭扭捏捏、密密麻麻的小字。

她哇地叫了一聲，已拋去大衣，抱著洋娃娃衝進自己的房間。

——原載《幼獅文藝》雜誌

一根繩子

走進會客室，見坐在紫紅色沙發上的來賓，愣愣地望著我；我腳步連連打結，不知該向前還是退後。那穿藏青色西裝的陌生客，立刻站起：「您就是……」

我道了姓名後反問：「您有什麼事？」

客人從西裝的大口袋裡，掏出一本四十開本的書。「我是您的讀者，也是您的老鄉。」

看到那本書的封面和裝訂型式，慚愧和高興同時迸發。三年前出過一本短篇小說集《沙漠中的駱駝》，不但被讀者忘掉，連自己也不敢追憶，居然會有讀者手捧著這本看了臉紅的書，出現在眼前。

不得不請客人坐下，我跟著坐在對面，仔細打量陌生者的面容，有很多條歲月的皺紋。約二寸高的短髮，摻雜許多灰白髮絲，年齡已是五十出頭。西裝不挺，有六成新舊。那本不成熟的書，有這樣一位讀者，內心深受感動。

書的內容不敢多談，只好先認老鄉。他是從我這本書內的「作者介紹」知道我的籍貫。他說了一個「丁家堡」的小地名；我離家已二十餘年，從沒聽說過那地方，便含糊地應付過去。

為了救急，我才突地想起，還沒請教來賓姓名。

「我姓吳，口天吳，」他伸手在懷中插袋摸了一陣。「我忘記帶名片。我叫秋遠。秋天的秋，遠近的遠。」

「在哪兒得意？」

「教書。」他頓了一下。「在左營的勵志中學。」

在記憶裡，高雄一帶的中學，都是用數字冠名，如一中、二中……從沒聽說過「勵志」這所學校。

陌生客諒已看出我臉上表現的懷疑，接著解釋：「那是私立學校——不是自誇，還辨得不錯哩！」

我不是教育行政主管，當然記不得那許多學校名稱；而且與我們談的主題無關——可是這位吳先生，來的目的是什麼？

「現在已放寒假了？」

「沒有。」陌生客嚥了口唾沫，連連眨動眼皮。「我對旁人不能說，對老鄉不必隱瞞。最近某一個部裡，出了司長的缺，部長要我擔任。」

我嚇了一跳，搶著問：「您說是『司長』？」

「當然，部長夫人，和我是同學；部長非找我不可。」

肅然起敬。把懷疑和不信任的心拋到九霄雲外。「您和部長夫人，在哪兒同學？」

「燕京大學。」老鄉這時從口袋中掏出雙嘉香菸敬我，我搖手表示不會吸，他又掏出打火機，點燃著吸了一口，猛地噴出。「我離開學校，去東京帝大念了個博士，又去德國興登堡念了個博士；可是遠不如部長夫人那麼幸運……」

他連連抽菸、噴煙，我在驚駭、敬佩之餘，油然升起一連串的同情和感慨。

「那算不了什麼。」吳秋遠淡淡一笑。「我不一定要靠同學關係去做官，現時仍在考慮之中。今兒來，有一件事要和您商量。」

這才提醒我，陌生客訪問的目的仍沒有弄清，「請說。」

「您知道日本的『岩波』叢書嗎？」

一個做醫生的朋友，幼年也愛文學，但父親是醫生，要他繼承祖業，逼令他拋棄心愛的文學，做他自己不願做的工作。他為了證明自己的言論，從房間裡抱出一大堆發霉的、發黃的「岩波」。我雖不懂日文，但對於這位醫生的感受和心情，有特別的了解，所以對「岩波」文叢，有極深刻的印象。

我大聲說。「那是全世界很有地位的叢書。」

「我有一個朋友在那兒當編輯，要我來徵求同意，把您的小說編入『岩波』……」

我像是墜入雲霧，全身失去了重量。別人不要看，自己看了臉紅的小說，居然在國外有人賞識，那簡直是作夢。

他見我愣住不語，又繼續解釋。「他們要印一本中國作家的選集。對你的作品很欣賞。」陌生客人翻開我那本書，指著目錄說：「〈鴿腿上的三弦〉、〈處女島〉、〈白鷺之死〉都很『現代』，全要選進去。」

我有抱著他歡騰、高呼的衝動，這幾篇稿子，都是一般人認為難懂，表現得莫名其妙的題材，居然會被「岩波」看重，真出乎意料之外。

「是不是可以說明一下，」我忍住內心的狂喜，用沉靜的聲調問：「和我同編一本集子的有哪些人？」

他昂頭想了想，說出五個名字，那些都是我平素敬慕的名作家；現在居然能同列於「岩波」文叢，真是又驚又喜。

「您都個別徵求他們的同意？」

「我都寫信給他們，和『岩波』直接聯繫，唯有對老鄉，才親自登門說明；您會給我一個面子吧？」

「原則上同意，但我……」我考慮了一下，還沒說下去。客人連忙接著解釋：「我馬上寫信去日本，要他寄合約來，他們還要付您一筆版稅。」

這還有什麼好懷疑的。老鄉只是負介紹的責任，事情談妥「岩波」會直接寄錢給我；我多了這筆意外收入，又可以安安靜靜寫兩篇自己喜歡寫的作品了。

「你那位日本朋友是誰？」

「島田芳雄。」

「他的住址可以告訴我嗎？」

他掏出黃桿原子筆，在我的記事簿上，橫寫了一行日本式的地名。

為了謹慎起見我又追問：「您把島田的信帶來了？」

「沒有。」他愣了一下，立刻回答。「我回家後，會把原信轉給您。」

沒有理由再懷疑這位善意的老鄉，他既不經手合約，又不經手金錢，僅做介紹的工作，何必如此地猜疑和防範。這樣一想，彼此的距離，迅即縮短。那座防禦的無形的牆，也跟著拆除。

客人來的目的雖已達到，但沒有離去的意思，慢慢啜飲著工友倒的那杯熱茶，似乎仍在等待什麼。

於是談到寫作。他曾寫了許多「人間小故事」，《人間》的編者再三催他領取稿費；但他是為興趣而寫，根本不在乎那幾十元稿酬，所以一直沒有在稿末寫過通訊處。

我確是在各種報紙副刊，看過連連催作者領稿費的「小啟」，想不到清高的作者，竟坐在我對面；而我卻懷疑他的動機，真是又慚愧、又歉疚。
他說：「我很少在國內領稿費，多半是用日文或德文寫作，發表在外國。」
我想起他是留德、留日的博士。「為什麼不多介紹德國文學作品到我國文壇？」
他搖頭，表示不屑為的神情；接著便談到翻譯界混亂的情形。某某名家，只譯十八、十九世紀的作品；而一般靠翻譯吃飯的人，僅譯一些偵探、通俗的三四流小說，他為什麼要和別人爭飯吃！
「您知道吧？」老鄉表示十二萬分的憤慨。「我的東西雖不好，不論是寫的，或者是譯的，都在日本第一流報刊發表；您知道日本稿費比我們高吧？」日本的報刊銷路大，往往超過一百萬份。我們的銷路趕不上別人，怎能和人家比稿費高低。
「不過，」他在發了一連串牢騷後，情緒慢慢平靜下來。「我在最近寫了一本《易經新解》，馬上就要由高雄的一家書店出版……」
我倏地想起，有很多去歐美留學的學生，無法發表自己，往往賣弄《易經》，說這是中國的「哲學」，或是我國「理則學」等等，用稀奇古怪的說法，去欺騙不懂的外國人。希望我這老鄉，不要把《易經》「新解」作「原子」或是「核子」、「氫子」等科學才好。
「你沒送往日本，或是德國出版？」我猛地刺他一句。

「我原本來有這樣計畫。可是那位書店老闆，看到我的中文原稿，不忍釋手，立刻付我一萬二千元稿費，買了中文發行權。」

據說，不少的寫作朋友，在那家書店出版書籍，分文拿不到；這位老鄉能獲得如此高價稿費，這作品定不同凡響。

「出版後，我定要先睹為快。」

於是，他談到出版界的混亂，談一般作品的庸俗、膚淺。在驚佩我見解深刻和學養豐富之際，他突然問：「您看過『八又二分之一』這部電影嗎？」

霎時紅霞在面龐閃爍。我只是個三、四流的影迷，對電影的欣賞力不高，而一時疏忽，又放棄欣賞這「名片」機會，此刻確感到難以回答；本想撒個謊，但話到舌尖，又臨時變成了「沒有」。

「那太可惜！」客人拍響大腿。「我連看了三遍！」

為了表現自己不是太無知，我說：「那是指拍了八部半電影。」

「確是太好了。」他攔住話頭不讓我說下去。「我告訴你，那電影一開始，靜靜的沒有聲音；很多汽車排列在一起，導演的一邊有男女調情，另一處有火箭升入太空；而他也想跟著火箭升高，但升到半空，又被縛住他的一根繩子拉回地面——這太好了，你懂得這意義嗎？」

沒看過影片，只聽簡略敘述，怎會懂得其中涵義。

他以誇張的語調說：「他是在告訴我們，導演和作家、劇作家們，都被一根繩子——無形的繩子縛住手腳，永遠創作不出超水準的作品！」

他在搖頭歎息自己或是所有的作家。我也有相同的感覺。那根繩子，可能是受才華的囿限；可能是懶惰，不求上進；可能是受生活煎熬不得不偷工減料、摻水……所以不朽巨著永遠無法問世。

一種感傷的氣氛籠罩著小小會客室。話雖談完，而客人沒有離開的意思，下班的鈴聲響了，我站起來說：「請到我家裡去坐一會兒吧！」

話說出口，便有點後悔；怎能讓一個陌生人走進自己家門！但這位老鄉沒有推辭，像是料定我會邀請他回家似的。

我回辦公室整理文件，他便在大門口等我。走到街上，他買了一包雙喜菸，硬要我陪他吃點東西。

我略微地推辭了一下，為了不願引陌生人進門，便伴隨他走進一家小飯店，希望他能在吃喝完畢後，趕快離開。

看到他對著酒瓶流涎，我便要了一瓶紅露酒，兩盤滷菜。他和站在鍋灶旁的中年女人，用日語交談，這又倏地使我想起他是日本的留學生，對他存防範的心理，是多麼的不智。

三杯酒下肚。他說：「剛才我講的那根繩子，必須割斷！」

「怎麼割法？」我又好奇、又驚訝。

「我要辦一個大型雜誌。」

「你不知道辦雜誌要賠本？」

「知道。」

「那麼，你還要把錢往水裡扔？」我提出抗議。「水準高的刊物，讀者較少；而適合讀者的低級趣味雜誌，又何必要辦！再說，資本從哪兒來？」

他把滿滿的一杯酒，咕嘟地傾進喉嚨。「我有一位朋友，新建了一座製鋼廠，資本上億。他要我為他辦一本雜誌，做鋼廠的附屬機構，算是變相的宣傳品。」

「那不能辦！」

「你不必性急。我是說，把廣告排在最後，不插在文章之內，便不會顯得商業化，《讀者文摘》也有廣告。」

我連忙搖手阻止。「根據以往經驗；有幾家雜誌，都是商人投資，但賠了三期五期，忙把資本收回，雜誌立刻垮台。」

老鄉把空酒杯注滿，哈哈大笑。「我那位朋友董進德先生，資本大，度量更大。冬令救濟，一捐就是十萬，報紙上都登過。絕不怕賠蝕。他催我辦雜誌，已有兩年多，因為我找不到適當的助手，一直往下拖。今天碰到老鄉，立刻就辦，明兒就請您擬定計畫，開始籌備，您估計要多少資本？」

我躊躇了一下。「恐怕要五十萬——」

「笑話。」酒又涮地倒進喉嚨。「我們買一幢房子，就要在一百萬以上。除了辦雜誌以外，還要做鋼廠的台北辦事處，下次我要帶董先生的祕書來看社址。」

「等你們決定以後，再開始籌備——」我猶豫地說。

「現在已經決定了。」他的面色認真而嚴肅。「我一回去，就把錢匯給你，立刻在銀行開戶。」

似乎再沒有什麼好推辭的。我雖對辦雜誌沒興趣，但想起一些寫作朋友，能有更多的發表園地，就該犧牲一點時間，替大家割斷那根無形的繩子——不，該說是被那種信任我的誠摯融化，願意為老鄉幫忙了。

我說：「錢暫時不要匯，等你來了以後……」

「我一個禮拜後就來，我們要做得有聲有色；現在有錢有人，還愁做不成功！」

接著就談雜誌的內容、型式和篇幅。他說，他是個業餘的畫家，還可以自畫封面。他又慫恿我擬定計畫，確定員額編制。「不過，」他說。「人事必須由我們二人共同決定，支出的款項也由我們二人蓋章。」

這彷彿是作夢；但小飯店的桌椅、碗筷、盃碟，樣樣都具體而真實。天下哪有這樣撿來的便宜，這陌生人是否神經不正常？

但一瓶喝光，陌生人搶著付帳。錢不多，才四十五元六角。他丟了一張五十元鈔票，就衝出店門。走在街道上，我心頭仍有不少歉疚。老鄉這樣信任我，要和我合作辦事業，我竟如此地不會盡地主之誼，連最起碼的招待，也不能做到。走在他身邊，似乎也矮了半截。

他不願去我家，急於和那位資本家接洽投資事宜。我送他去公路局車站，並為他買了去台北的車票。

等車時，我把自己的真意告訴他。「我對辦雜誌的興趣不濃厚。倒是對『岩波』出書，寄予莫大的希望；我是以寫作為主的……」

「兩者要兼顧。」他輕鬆地聳聳肩。「在我來說，辦雜誌的事情來得重要。」

約過了三分鐘，車子仍未來。「今天回去，」他改用英語說：「發生了一點問題。」

「什麼問題？」

「不知怎麼搞的，是把錢用了，還是丟了；回家去的路費不夠了，需要想點辦法。」

「大約要多少？」

「四、五百塊。」

來了，我想。他談天說地這麼久，就是為了路費。什麼「岩波」，什麼辦雜誌，都是胡吹亂謅的謊言——不，我不該這樣不信任別人。他要憑空地匯錢給我，他又在飯店裡付帳，也許是真的手頭一時不便。過去中部的一位陌生文友，談了半天之後，也曾借過路費；回去以後，就把錢寄來。另一位通信的文友，不但把借的錢還了，並且還邀我去他家作客三天。寫作的人，往往不會控制金錢，容易捉襟見肘。

我把袋裡所有的錢掏出，遞在他手中。他數了數，把三百八十元塞進口袋，把多餘的五塊錢還我，連連地說：「我到家就寄給您。」

公路車停下，他爬上車時，我下意識地覺得自己該拿一根繩子，把他捆起送往警察派出所。但另外一種意念，禁止自己往壞處想。懂得數國語文的博士，怎會是騙子？懂得電影、繪畫和現代小說的藝術家，怎會花那麼多唇舌騙這幾個錢？

一個禮拜後，寫到日本「岩波」的信被退回，該社沒有「島田芳雄」這個人；寄往高雄的信也退回原處，郵局查不到「勵志中學」這個學校。

我確定吳秋遠，是個被卑劣繩子縛住的騙子作家——可憐蟲。

——原載中國時報《人間》副刊

少年早識愁滋味

趙中濤裹緊褐色毛衣外套，躬腰縮頸在小巷內蹀躞。冷風從巷口竄進澆在身上，凍得肢體哆嗦。他仍無法決定：是離開這巷子，還是敲門走進金老師宿舍？

他從玻璃窗中，看到老師仍戴著那副鏡框發霉的眼鏡，彎腰俯在桌前寫些什麼或者畫些什麼。老師可能在繪畫，因為平時他總是畫呀，畫的。

空想不能解決問題，他要採取行動才對。這時巷子內黑得很，沒人走路，如果有人看到他在這兒鬼鬼祟祟，將是怎樣想法？

突地他翻轉身，走到金老師門前，舉起右手輕輕敲了三下。

「誰啊？」

「是我。」

「你是誰呀？進來。用力推就行，門沒有門。」

金老師一定想不到是他。他說話的聲音太小，老師聽不清楚；現在掉頭逃掉還來得及。

老師一直不喜歡你這壞學生。這樣寒夜還來找老師麻煩，不挨一頓臭罵才怪。說不定還要綁起你，送你去警察局。誰知有什麼結果？

可是，遲了，老師已拉開門：「誰啊？哦——是趙中濤。進來，進來。」

不進去不行了。老師的語氣不壞，親切，沒有責備的意味。現在還有什麼理由退回去。門在他身後關起。屋中要比窄巷內暖得多。柔和的燈光、桌子、籐椅、床……一切很簡單。老師有五十歲左右了吧？一個人住在屋裡，很寂寞、很孤單吧？他怎樣開口說話呢？

老師抹下眼鏡坐在床緣，「你怎麼到現在還沒回家？」指定他坐在籐椅上，又說：「天很晚啦。」

「我爸爸把我趕出來了。」他說時鼻頭一陣酸楚，熱淚在眼眶中打轉。他本想說得委婉些，但這時控制不住壓抑很久的悲憤，「我不要回家，我要自己工作。請老師……老師幫我介紹一個工作。我不讀書了，我……」

老師皺起眉頭，顯出不愉快表情。他真後悔把話說得這樣快；後悔來這兒找老師，後悔敲門……自己的困難，只有自己解決；別人不會理你，也不會幫助你。他剛才已受彭心才的教訓，怎麼還會來請求老師幫忙。

彭心才是他同班同學，在學校裡除了上課時間，他們兩個都在一起。他比彭心才大一歲，可是彭心才的壞主意和玩法，要比他多。第一次彭心才帶他到福利社後面小篷子裡，問他要不要做「神仙」？然後從褲腰帶下的小口袋內，掏出半截香菸給他。於是他習慣這種

「神仙」生活了。在家內想辦法偷媽媽的錢，上課時要想到什麼地方去「過癮」。功課不想做了，彭心才還告訴他不讀書的方法。他們互相寫了一張假條，偷蓋了父親的私章，託同學帶給導師，然後把書包掛在樹頂上，去逛公園、動物園……天黑了，再背著書包回家。他因為心臟不好，休學一年，留級二次，和他小學的同學，已經讀高三了，可是他還在讀初三。他真怕再留級。彭心才說，怕什麼，一切有我哩！考試舞個小弊就好啦！好，剛從口袋內摸出密密麻麻的夾帶，找到要抄的題目，寫了兩個字。突然被老師抓住了。試卷作〇分，還加上一個大過。彭心才說，不要緊，慢慢來，一切有我呢！

現在事實證明，彭心才是個大騙子。他被父親趕出來以後，就去他家中找他，希望能留他暫時住下。他以前去過彭家，彭家的房子很大、房間很多；單彭心才一個人就住了二間：一間是臥室，一間是書房。據說彭家很有錢，開了幾間百貨店，還有個做進出口生意的貿易行。如果彭心才肯收留他，他可以在彭家住一、二個月，慢慢找工作做。躲在彭家不出門，家裡的人找不到他，會以為他死了。在河邊、路軌上、森林裡……都沒有他的屍首。爸爸到警察局報案，媽媽在家裡哭哭啼啼插香、燒紙錢拜拜，懺悔對兒子的苛刻——他一直想到自己有一天，會做個轟轟烈烈的英雄，全國的人都崇拜他、讚美他。那時爸媽也就不會罵他沒有出息，要承認自己虐待兒子的錯誤。不然，他就投河自殺——現在不要自殺，爸爸媽媽一樣的悲哀難過，他就報復了以往所受的委屈……

誰知絕不是那回事。他敲彭心才家的大門，手臂感到痠痛了，才有個男人出來開門。開門的人問他為什麼不按電鈴？他真不知道該怎樣回答。以前他都是和彭心才走在一起，那是白天，好像門是開著的，很快走進門，誰知道有沒有電鈴。這人問得多奇怪！

那人又問：「你找誰啊？」

「彭心才在不在家？」他說：「我是他同學趙中濤。」

開門的人打量他全身，彷彿要看出他是不是冒充同學，或是彭心才會不會接見像他這樣窩囊的人。「你等一下。」說著把他關在門外。

他真想掉頭就走，可是到哪兒去啊？昨天晚上蹲在火車站裡，一個中年男人和他談了半天，說是很同情他的遭遇。他們兩個擠在一起，陌生人答應幫他介紹工作。他還掏出錢來請那人吃一碗麵。誰也想不到，擠到半夜，那個男人搶去他懷中的五十多塊錢，又剝去他身上穿的皮夾克。他大聲叫喊，半夜誰來應他，只好看著他逃走。今天天氣這樣冷，又一天沒有吃飽，還能睡火車站？假使再碰到壞人，剝去他身上的毛衣和外套，他就非凍死不可了。

還好，那個人不久就出來了，打開門瞧也不瞧他一眼，說：「教你進去。」

他想，那是彭心才家的男傭工，好大的架子啊！等會兒一定要彭心才教訓他一頓：對小主人的同學這樣沒有禮貌。

彭心才斜躺在客廳長沙發上，見他來沒有站起，他快跑兩步，大聲嚷道：「彭心才，你好舒服啊！」

「你這麼晚來，幹麼？」

「真氣人，」他說，「家裡把我趕出來了，我現在要和你談一談——」

「不行，不行。」彭心才坐直了身子，亂搖雙手。「補習英文的家庭教師來了，我要上課。」

「我等著，你下課以後——」

「不行，下面還有數學老師等我。」

他真羡慕彭心才，有兩個家庭教師為他補習。可是彭心才的功課並不好，考起來，每門只有十來分。如果他不做「神仙」、不曠課，好好念書，要比彭心才強——想這樣問題沒有用，他不能再念書了，一百分和〇分現在對他來說還不是一樣。

「我……我想，」他覺得自己的舌頭，像被什麼拉住似的，無法送出音符。「我……今天……晚上，住……住你這裡……」

「那怎麼行！」彭心才跳起來，板起面孔。「你想得好滑稽啊！今天我的表妹來了，我要陪她下跳棋、跳舞、聽熱門音樂，誰願意和你玩在一起。」

他覺得客廳中的燈光突然黯淡，彭心才的面龐慢慢模糊——模糊、閃爍，上下跳動。熱氣騰騰的音樂，女高音的尖長嗓子。開門人的冷臉，又黑又濃的眉毛。聽到彭心才輕蔑的話，他才會對小主人的同學沒有禮貌。在學校為什麼要和他玩在一起，陪他做「神仙」？衝出客廳，還聽到彭心才朗聲大笑。算了，他不念書了，彭心才已不是他的同學。他要工作、工作……有一天，事業建立基礎了，要讓彭心才看一看。有什麼好神氣啊！那是他爸爸投機取巧弄來的錢，一旦垮台，還不如他。彭心才算是個真正大飯桶哩！

出來以後怎麼辦？親戚不能找，他們都和爸媽一個鼻孔出氣，罵了他一頓，說不定還要把他送回家中；可是他無論如何不回家了。同學的眼光短，都是小氣鬼。而且他在校中，學業、操行成績都不好，沒有一個同學看得起他；此時再去找他們，更會不理他。在無法當中，才想起金老師。然而他也不受老師歡迎啊！老師會比彭心才使他更難受，狠狠教訓他一番，訴說他過去不聽話、不守校規、不肯讀書……用「罪有應得」的口頭語，趕他出去，然後再關起房間畫啊，畫啊……

老師問：「為什麼趕你出來？」

「老師知道的，」他說，用枯乾的舌尖，舔著嘴唇。「我各科的成績，全部是紅字。爸爸看到我的成績單。」

「你爸爸回來了？」

「是。」

「你有沒有想到自殺？」

他搖搖頭，面頰覺得發燙。在老師出的作文題：「我的家庭」裡。他曾經寫過父親一年到頭在外經商，母親天天打牌，不關心他的生活。幼年，祖母非常寵愛他，吃的、穿的、玩的都隨自己的意思。上學也由自己高興，因為祖母支持他，祖護他，父母、老師都要接受祖母的意見，所以他愛上學就上學，不愛上學就可以任意遊玩。祖母死了，也沒有人疼愛他了。老師、同學輕視他，父母打他、罵他。不論在學校，在家庭，他都感到生活沒有意思。他恨一切的人：父母、老師、同學，他要自殺，不要生活在這沒有意思的世界……老師在作文簿上用紅筆批得很多，比他寫的作文還多：父母、老師管教你是為了希望你的學問、品性能夠進步……「知恥近乎勇」，如果怕別人譏笑你，趕快努力……自殺是懦夫的行為。你願意做個逃避責任的懦夫嗎？

「那很好，我們慢慢來。」老師說，「你能做什麼工作呢？」

「我……我不知道，」他邊想邊說。「只要有吃、有住就行。」擦皮鞋、送報紙、當工友、踏三輪車……他都願意做，但他不說出來，希望老師能有更好的工作介紹給他。那時就用不著聽父母老師的責罵，不要受同學的氣。可以揚眉吐氣自由自在。

「好。」老師說，眉毛又皺起來了。「工作是以後的事。問題是在今天；今晚你住哪裡呢？」

當然啊，如果不是有困難，還來找老師？看樣子老師也沒有多大辦法。他平常一直不大佩服這老師。他上課時講書，自己就在下面看小說，或是做英文、數學……作業。老師要他背書，他把那課書頁撕下，另外借本書遞在老師手中，自己抓著那頁書，低頭背對著老師喃喃誦讀。還有，老師走在前面，他可以在後面做鬼臉，引全教室同學哈哈大笑……

愈想愈覺得後悔。這位老師不受全班同學尊敬，他為什麼要在這時候跑來求他？而他又不答應。難道就是因為他平時愛護同學，關心同學？對了，張德經病了，老師拿錢給他看病，還送他去醫院。胡大海和校外的人打架，老師親自護送他回家；他從早到晚陪著大家，成日在教室周圍看著同學讀書、遊戲、清掃……老師像離不開同學，同學也彷彿離不開老師。可是，他在這緊要關頭求老師，老師就要跟彭心才一樣趕他出門，他怎麼辦？

「老師這裡沒辦法住，」他打量老師房間裡的椅子和地板。覺得在這兒蜷縮一夜，要比公園、火車站、高樓大廈的牆角安全得多，溫暖得多。「我另外去想辦法。」

「不，不。我們來研究。」老師說：「你家裡的人知道你在這兒嗎？」

「不知道。」他說，「我不願意讓家裡人知道我在……」他的喉嚨梗塞，又覺得鼻頭酸溜溜的，無法再說下去。突地想起從彭心才家被趕出時，他曾有股衝動想跑回家去，跪在爸爸面前說：「我錯了，請原諒我。現在我知道了，只有爸爸媽媽真正愛我。旁人——包括同學、老師……都不是真心關懷我。我不應該反抗父母。」

一點兒不錯，他料到了。老師真的不關懷他，要把他趕出去。可是，爸爸為什麼要趕你？你的確是個壞孩子，已無法獲得父親的諒解、疼愛？這次父親從外面回家，還帶了一枝鋼筆和一件皮夾克給他。新夾克被匪徒剝去了，可惡！討厭，還要他談學校裡的老師、同學，以及有趣的事。爸爸說他比以前高些，懂事些，看樣子是長大了。爸爸說，還要買一部新自行車給他。他一直認為父母對弟弟妹妹特別慈愛；尤其是母親成天念著弟弟冷啦，要多穿衣服；妹妹餓了，拿餅乾給她吃。家中來了客人，總指著貼在牆上弟弟讀書的學校所發的獎狀說，你看，我家的中流成績好『棒』啊！又比上學期進步了一名，是第二，這學期就要得第一了。中濤嗎？不用提了。他真沒出息。總是五科六科不及格，今年又要留級了。管又有什麼用？他天生是個下流胚子，走路沒有走相，穿衣服東歪西斜。撒謊、打架、調皮搗蛋，不想讀書……

當母親對客人訴說他的缺點，讚揚弟弟的長處，他常想撕掉牆上貼的獎狀，燒毀弟弟的書籍簿本，然後再痛痛快快地，把母親虐待他和偏愛弟弟妹妹的事實，大聲說出來給客人聽，然後再離開家，逃到深山拜訪劍客，去學習武藝。有了本領以後，殺盡壞人，那時他的聲名大震，父母就要對他另眼相看。

可是，父親看到他成績單。全部「紅字」還是小事；導師評語欄裡「遊蕩懶惰，不喜讀書，力爭『下』游……」的話，就光火了。父親說他自己沒有進過小學、中學、大學，只念過幾年私塾。在社會上做事，因為沒有學問，吃了很多虧，碰了不少壁，受了若干氣，現在他竟這樣丟父母的臉；趙家不要他這個子孫了！

父親的臉氣得發青，山羊鬍子也翹得很高。當時，他確有點對不起父親的感覺。如果讓他仔細想想，或許會改變自己的想法、做法……父親的聲音很大，沒有他插嘴的機會。媽媽坐在旁邊，為什麼不勸勸父親？除了弟弟妹妹以外，她真的不喜歡他？

老師抹下眼鏡，用左手食指揉揉眼角，再戴在臉上親切地說：「我送你回去，我要對你爸爸說明。」

「不，我不要回去。家裡的人不喜歡我、不要我，我也不願意再受虐待。」

「你還有這想法？」老師說：「父母為什麼要虐待你？你自己想想就會知道。從你告訴我的事實中，就可以明白，他們都愛你；不過愛你的方式，沒有在口頭上表露出來；同時，你的行為，也太使父母失望。現在，你跟我回去。」

他也感覺到很失望；老師沒有幫助他，只是送他回去。回去能解決問題？爸爸肯收留他？媽媽不再成天對他嘮叨地訴說他的缺點？可是，看樣子不行了。老師說話的語氣果斷有力，像沒有絲毫改變的意思。但他還要試試運氣。

他說：「不要麻煩老師了，我自己會回去。」

老師站起來。「不行，我一定要送你。」

「咚咚……」那是敲門聲。

他急掉頭看著門。希望進來一個老師的朋友，或是送來一封電報、限時信；有更緊要的事，必須老師親自處理。那麼他就趁機獨自行動，再設法度過今夜……

「進來。」老師說：「用力推就行，門沒有門。」

他打一個冷顫。因為門開了，冷風侵襲身體。不，不是。父親的臉孔、身體出現在老師的門口。父親來幹什麼？他萬萬想不到父親會來這兒；不然他不會來，即使來了也該老早離開。父親不需要他這個沒出息的兒子；他也不要看到不關心他的父親。

父親說：「你怎會跑到老師家？親戚朋友的家找遍了，你母親也急病了。你真是個不孝順的孩子。」

老師看看父親，又看看他；正和他的目光相對，意思像是問這老年人是不是他父親？或者像是責備他說謊。他被父親趕出來；可是父親在找他，母親焦急；究竟誰的話是對的？

「你來得正好。」老師說：「你是趙中濤的父親吧？他正想回家，我還要陪他一道去你們家哩！」

「謝謝老師，麻煩老師，」父親轉臉對他說：「你母親以為你出了什麼事，釘著我大吵大鬧，派出所已經報了案，現在還要打電話去撤銷。你真是一個淘氣的孩子。」

老師微笑地看著他和他的父親。那是什麼意思？他還有什麼好辦法逃脫？他自己說是要回家的啊！現在除了跟著父親回家外，還有什麼辦法。

「再見，老師再見！」

父親彎腰向著老師。「謝謝！」

老師握住父親的手說：「再見。」

父親連連後退，退到門旁了。他還能待在老師房間裡？他不得不彎腰鞠躬地說：「老師再見！」

老師微笑，搖搖手。那是什麼意思？老師脾氣真怪，他真有點不佩服。老師大概又急著畫畫了。耽誤他不少時間了哩。老師說，時間就是金錢。老師真的很「猶太」嗎？老師再見！

——原載《幼獅文藝》雜誌

成長的代價

1

「啪」地一聲，朱書竹伸起右手，已把掛在壁上的「日曆」撕下一張，下面現出「25」兩個並排的紅色阿拉伯數字。

李元麗的目光，跟著響聲向「日曆」注視。她說：「今天還沒有過完，你就這樣性急地撕了。」

「我恨不得一天撕去兩張、三張，」朱書竹的大拇指扳著那一疊「日曆」的紙邊，讓紙頁一張張往下流瀉。「撕完了，妳就獲得自主權了。」

「事情才不那麼簡單哩！日子要一分一秒地跨過去。還有五個禮拜，我才滿二十歲。差一天，還得聽媽媽的話。」

朱書竹迴轉身，面對皺緊眉頭的元麗，心頭也覺得沉重起來。三年的時光，在雙方溫馨的友誼中慢慢度過；但在這最後三個月，卻感到時間的壓力很重，往往有無法透氣的感覺。

元麗的母親，一直反對他們交往，更談不到嫁娶問題。但元麗認為，只要她到了法定年齡，一切可以自主，母親反對，也不會有多大作用。

「可是，我已等不及了，希望明天就是妳的誕辰。妳看——」朱書竹從書桌抽屜內，拖出一隻長方形紙包，遞在元麗面前。「這是什麼？」

元麗猶豫著不敢接受。「你送給我的禮物？」

「不——對了，這算是一份最好的禮物。」

「你說話好矛盾。到底是不是禮物？」

「妳打開就知道了。」朱書竹硬塞在元麗的手中。

元麗想打開，又要放在桌上；最後只要把硬紙包舉起搧了搧面龐。「我媽媽說過，不能隨便接受人家東西。」

他感到一陣惱怒從胸中慢慢升起。馬上元麗就要自主了，為什麼還是把媽媽的教訓一直放在口頭。當然，女兒應該聽父母的話；但她將要和他共同生活一輩子，怎能這樣不信任他。諒是不願親近他，才拿母親的教訓作藉口。

「我這禮物很特別，」朱書竹捺著性子裝得很輕鬆。「雖然是我送給妳的；但也可以說是妳送給我的禮物。」

「好奇怪的話，我一點兒都不明白。」

「那麼，妳就快點揭開謎底吧！」

元麗撕開紅白條紋的包裝紙，立刻大聲驚呼。「是訂婚證書！」

「這樣的禮物，妳猜想得到？」

「性急有什麼用？除了還隔那麼多天以外，我母親反對我們結婚的那道關，還不知道怎麼過法！」元麗悻悻地說。

「一切有我哩！船到橋頭自然直。」

「篤、篤、……」元麗驚詫地小聲問：「誰敲門？」

「誰知道。」書竹急忙用包裝紙，搶著把兩本硬殼的證書慌急地包好。「租這樣的房子住真不好，常常有不三不四的人來打擾。」

「啪，唔……」是手掌拍門聲。

書竹把不滿塗在語調上：「誰啊？」

「是我。」傳來粗而辣的女高音。「朱先生要不要沖開水？」

「噢——是房東太太！」書竹裝得很熱烈地說，但心底真討厭錢太太多管閒事。大概是看到元麗來他房間，長久沒有出去，才故意來問他要不要開水。如果不讓她進門，她更會瞎三話四，亂造謠言。

他放下紙包，箭步躍向門旁，打開門鈕，順手把桌上的熱水瓶，塞在錢太太手內。

可是，年輕的錢太太沒有立刻離開的意思，兩隻狹小的眼睛，向室內梭視一周，才盯在元麗的臉上。「我說啦，朱先生房間，哪兒來了漂亮的客人；噢——原來是李小姐。」

元麗不得不開腔了。「錢太太，請進來坐嘛。」

「謝謝啦，我很忙，還要到別處去；就是不忙，我也不應該糊塗，使別人討厭。」

書竹忙著打圓場：「不會討厭，房東太太任何時間來這兒，我們都歡迎。」

「未必吧！我來收房錢的時候，你也歡迎？」

還沒有等到他回答，錢太太便轉身離開。元麗聳肩伸舌。「好厲害、好無聊啊！」

「不要理她，還是討論我們自己的事吧。」

「那有什麼好討論的？」

「妳母親為什麼要反對我和妳結婚？」

元麗的嘴唇翹了翹又緊閉著，似乎把要說的話嚥了回去。過了一會兒才說：「你想想就會明白。」

他體會得出元麗母親的想法，無非是嫌他窮，大學畢業後，還沒有找到適當的職業；不然，就是要元麗等待——等待她母親找到合適的金龜婿，才答應她出嫁。

「我想不出，還是妳告訴我吧！」

「我才不那麼傻哩。」元麗坐在桌旁的椅上搖晃。「別人反對我們可以不管，先要自己站得住腳。我問你，你現在有什麼打算？」

又是老問題。求職要慢慢來，哪會一下子就找到適合自己興趣的工作；而且，他已從多方面進行，成功的希望，一天比一天大；此刻卻無法說出一定的目標。在沒有發表自己職務的前一秒鐘，仍然是空無所有。現時，怎能說出自己的打算是什麼。

「對啦！」他忽然想起一個重要的問題。「我請妳抄的稿子，抄得怎麼樣啦？」

「快抄完了。」元麗忙追著問：「那本著作，對你的前途，會有很大幫助？」

「當然。那是生產單位必備的市場和商品的供需分析。如果他們滿意我的研究和調查，他們就會聘我——」

「聘你幹什麼？」

「那要看公司的意見，這不是我自己可以決定的事，我現在還說不上來。」

「你騙我，你騙我……」

朱書竹還沒來得及作進一步解釋，便聽到房東太太在外大叫：「朱先生，朱先生！有客人來找你。」

錢太太是死去丈夫的人，為何要如此多事，讓客人直接來找他，或是回答客人說他不在家，不是就結了，何必如此大聲鬧嚷。

繼而一想，這樣也好。為了避免和元麗在言語上發生衝突，出去應付一下，使緊張的空氣緩和些，再回來討論他們之間的問題。

他拉開門躍出粗聲地問：「是誰？」

「你來看嘛。」錢太太迎著他，鬼鬼祟祟地說：「又是一位小姐。」

「我不相信。」話剛出口，已看見他的大學同學成芳玲，胳膊彎抱著一疊書，衝著他走來。

芳玲說：「我今兒發現有很多難題，要向你求救。」

「關於哪一方面的？」

「有實際上發生的，」她拍一拍書本。「還有書本裡的。」

他了解成芳玲不是一個研究學問的人。在學校也不把功課放在心上，離開學校怎會用起功來。以往她仗著自己年輕貌美，從沒有把他看在眼內；他也不像一般的同學，追逐在她身旁。畢業後，芳玲曾藉討論問題的機會和他接近，都因他表現得太冷淡，談得不起勁，慢慢已經疏遠，今天怎麼又來找他？

他說：「妳應該去請教老師。」

「難道向你討教就不行？」

朱書竹忙搖雙手。「千萬不要誤會，我才疏學淺，對問題的了解不夠深入。」

「如果不是你客氣；就是你認為我這個同學，不夠資格和你討論問題。」

「不！不，不，我是真話；再說，我現在很忙。」

「你忙什麼？」客人的怒火也衝在臉上，面頰燒得蝦紅。「連請我進屋裡坐坐的時間都沒有？」

一直待在旁邊的錢太太插嘴了。「小姐，朱先生是真忙，他不會說謊。」

芳玲像忽然看到身旁多了一個人。「妳是誰？」

「我是房東。」

「妳怎麼知道房客忙不忙？」

「我看到的。」

「妳看到什麼？」

朱書竹在旁邊跺足，想阻止錢太太往下說；可是錢太太已順著嘴溜下去。

「我看到朱先生房間內有客人。」

「客人？」芳玲迅速旋身，衝向門旁，探首屋內，再扭轉脖頸大叫：「我說好怪啊，原來是房間裡藏了一位小姐，才攔住老同學不讓進門。」

「別誤會，我沒有那個意思。」

房東太太像已明白自己多嘴闖了禍，急忙打圓場。「朱先生是個大好人，絕對沒有那個意思。」

「妳又不是他肚裡的蛔蟲，怎知道他心裡的想法？」芳玲舉起右胳膊的書，像要換往左膀臂；但書在半空畫了一個半弧，似乎她被憤怒脹得失去理智，突然改變了主意，把一疊書猛力摔在地上，尖聲說：「人要欺侮人，鬼也要欺侮人！」

沒有等朱書竹開腔，芳玲掉轉身就走。

房東太太伸長舌尖，表示驚訝；而元麗也從房間跳出，低頭看散落滿地的大學用書，再抬頭順序看錢太太和朱書竹。朱書竹雙手一攤，皺緊眉頭，顯示出無可奈何的神情。

2

「元麗啊，快點出來，見見客人。」

「噢——來啦。」元麗在房內聽到爸爸叫喚，忙結束她的化妝工作。她從不修飾自己，但今天是她二十歲的生日，有很多賓客，包括朱書竹在內，要為她慶祝誕辰。這是她正式成為大人，百事可以自主的一天，所以顯得特別高興。

走進客廳，發現不大對勁。原來除了爸爸的同事胡似良外，還有一個陌生的年輕人。而長方形茶几上，卻堆滿了禮物。彷彿都是些衣料、化妝品。

胡伯伯滿臉硬塗上笑容，嘻嘻哈哈。「元麗，來來來，我替妳介紹，這是成少爺。」

元麗覺得很尷尬，不知如何應付，忙轉臉向爸爸求援。爸爸也看出她的困境，跟著解釋道：「他是我們廠長的少爺，成百忍先生。」

胡伯伯圍著大家團團轉，酷似戲台上的小丑。「廠長今天臨時有要事，特地派小少爺來代表。」

成百忍站在客廳當中愣了半天，彷彿憋不住心中要說的話，立刻大聲反駁。「你不要騙人了，我沒有代表任何人，只是代表自己，我是特地來看她的。」

元麗突地覺得屋頂在旋轉，地面傾斜抖顫。從陌生人的口吻，就知道是來「相親」的。這樣重大的事，爸爸怎可以瞞住她；而且，她今天已成人了，可以參與成年人的一切計畫和活動。大家不應該在她生辰這一天，使她出洋相；要這樣一個冒失的人來見她。

她說：「謝謝你。可是，我今天很忙，沒有時間陪你。」說完旋轉身便向內走，把滿臉惶惑的客人，留在客廳，互相瞪視。

但從後面衝出的母親攔住她，大聲責備。「元麗這孩子，真是不懂事。成少爺第一次來我們家，妳怎麼可以這樣沒有禮貌。」

「我已見過他，打過招呼；還要我怎樣？」

「來，來，陪大家聊聊。」媽媽拉住她的手，往人推處拉，一面熱烈地問：「有沒有喊過胡伯伯？」

胡伯伯順口打開僵局。「喊過了。」他說：「我每來一次，就見元麗一次比一次漂亮。」

「這孩子，被她爸寵壞了，就是在客人面前任性一點。」媽媽像是對陌生客人解釋。「在家裡，一直是滿乖的。」

「這還要妳大嫂來說，我早就四處宣傳過。」胡似良藉機表功。「不但我們廠長知道，就連廠長少爺也明瞭，所以今天才來為元麗祝賀生日快樂。」

「不敢當，不敢當。」媽媽走近茶几，搬動大包小包的禮物。「這是幹什麼？」話中得意的聲調，遠比責怪的味道要濃。

「第一次見面，準備不夠充分，只有一點小意思。」成百忍用浮誇的態度，昂頭自負地說。「今後，只要是李小姐喜歡的東西，我都可以辦得到。」

元麗無法再忍受了，沒好氣地說：「誰稀罕你的東西！」

「妳將來一定會喜歡我買的珍貴禮物。」

「不要侮辱人好不好。現在就請你把那些東西拿走！」

胡伯伯忙插身進來打圓場。「現在不談這個。禮物既然送來了，就得收下。」

媽媽說：「小孩應該聽大人的話。胡伯伯說得對，現在不談這個。大家先坐下，站著講話就會冒火了。」

互相讓座，室內的緊張空氣，略微調和些。她覺得只有爸爸吸著菸斗，一直保持緘默，所以便坐在爸爸身旁。必要時，該向爸爸求援，或是接受爸爸的指示。

她已慢慢明白，這全是媽媽的主意。媽媽老嫌爸爸沒有出息，當一輩子的小職員；有機會拉住廠長的少爺，將會對爸爸升遷有幫助；可是媽媽卻沒想到；女兒是否願意按照這方法去做，爸爸是不是肯如此向上爬？

胡伯伯仍在竭力扮演丑角。「成先生年紀輕，學問好，又是一表人才。」他咳了一聲，轉身對爸爸說：「東弘兄覺得怎樣？」

大家把視線拋在爸爸身上，想聽一聽從沒表示過意見的主人說什麼。

爸爸說：「那是孩子們的事，做父母的不便干涉。」

「不是干涉，應該說是指導。」胡伯伯仍抓住問題不放。

「現在，還沒到時候。」

媽媽沒讓爸爸說完，便搶著問：「你要等到何時才表示意見？」

這一下，爸爸可窘住了。瞪著雙目，輪流注視每個人的面龐，似乎在考慮適當的言論，以免大家下不了台。

就在元麗感到窒息和困惑的當兒，她看見門口伸進一顆頭顱，接著又縮了回去。她沒有看清是誰，便大聲喊：「爸，又有客人來了。」

大家把注意力集中在門口，元麗躍起，急想知道是誰。但客人右手捧著玫瑰花，左手提著裝蛋糕的大圓盒，笑嘻嘻地衝著大家一鞠躬。

元麗也笑著跟大家介紹：「這是朱書竹先生。」

爸爸說：「妳把朱先生手中的東西接下來啊。」

她把蛋糕接下，放在長茶几的另一頭，似乎要和成百忍送的禮物，互相媲美；接著又把他手中的花，捧在自己面前審視著，讚美地說：「好漂亮啊！」

爸爸站起為客人介紹胡似良和成百忍。

成百忍似已感到另一位客人進門後，一股熱浪隨著朱書竹旋繞，而覺得自己被冷落，所以站起大聲說：「很抱歉，我還有緊要的事，必須先離開一步。」

媽媽忙出面阻止。「這怎麼行，還沒有吃——飯，準備好了，馬上可以開飯。」

「我真的有事。」成百忍粗聲粗氣地說。「不信可以問胡伯伯。」

胡伯伯應聲道：「小少爺的話不會假，還是由他先告辭吧！」

「這怎麼行！」媽媽搔頭想主意。「好吧，我們先吃蛋糕。」

元麗本想提反對意見：但隨即想起，用朱書竹贈送的生日蛋糕敬客，也許有料想不到的效果。她說：「我拿刀來切。」

媽媽像沒有體會出女兒的心意，對她如此熱心招待「貴賓」，表示出滿意的神情。

她從廚房中拿來長柄的刀，朱書竹已把蛋糕放在圓桶形紙盒上，正點燃蠟燭。

胡伯伯和媽媽都圍在蛋糕旁，幫腔唱「生日快樂」，爸爸笑嘻嘻看著大家，唯有成百忍僵立一旁，愣愣地看著眾人鬧成一團。

元麗吹熄蠟燭，舉起刀切著蛋糕；突地覺得刀口一滑。一隻方形的紅色塑膠盒，從切開的蛋糕中露出來。

她急忙拿起打開盒蓋，見裡面有一張紙條。指尖抖顫地取出，就著燈光念道：

「元麗：祝妳生日快樂！祝妳成人長大，祝妳可以在天地之間自由翺翔……」

媽媽搶著說：「怎麼可以這樣胡說八道！」

成百忍立刻藉題發揮。「這樣胡鬧，太不像話，我先走了。」

胡伯伯忙打圓場。「這是玩兒的。這樣慶祝誕辰，才夠意思，才夠熱鬧。」

但「貴賓」沒理會，已躍出門外。媽媽在身後大喊：「胡少爺，胡少爺。蛋糕……」

「蛋糕讓我們大家吃。」元麗說話時，目光落在爸爸的面龐，爸爸正在微微點首。

3

「妳不要走，我們應該想一個好辦法。」

「還有什麼辦法好想。」李元麗把朱書竹拉住她的手推開，倚在電視機的空紙盒旁。

「媽媽不讓我和你結婚，一時還改不了主意，我們只有等待。」

「等待，等待！從十八歲等妳到二十歲，還要等到何時？」朱書竹說著，感到胸中的怒火，一節節往上升，升到喉頭，把說話的語調都烤炙得燙人。

「難道你會怪我？」

「不怪妳怪誰？」書竹看到元麗臉上的驚訝和惶惑，也認為自己把對方逼得太厲害了，忙轉換語氣說：「如果妳願意，我們馬上去法院，參加公證結婚。」

「可是，那樣太使我媽媽傷心，媽媽養育了我二十年。」

為什麼元麗就不顧他等待落空，傷心得不想活下去。和他結婚，他媽媽頂多是嫌他窮，還沒有找到適當職業，但並沒有失去女兒；而他的這些「缺點」，隨時都可以消失；到那時，她母親就不會傷心了。

根據元麗的說法，她母親是為了想使做小職員的丈夫搬動位置，才希望元麗嫁給那趾高氣揚的成百忍；可是元麗的父親，並不熱中升級，她母親既如此不顧丈夫和女兒的心願，一意執拗到底；元麗怎麼還怕母親傷心哩！

但朱書竹不想揭穿，仍忍耐地說：「我們結婚以後，還是可以報答母親養育之恩的。」

「可是，現在我不敢——」

元麗的話沒有說完，房東太太的高嗓門又在大叫了：「朱先生在家嗎？」

這簡直是胡鬧。每次有女孩子來時，錢太太總要找機會來閒聊，不知是有心，還是無意，彷彿是在監視房客的行動。

當然，他的行為光明磊落，不在乎別人從旁監視；只是覺得房東太太這副嘴臉，挺惹人討厭。

朱書竹打開門，沒好氣地問：「有什麼事嗎？」

「沒有事，沒有事。」錢太太伸長頸子，斜著目光向房內探視。「我是來看看朱先生手頭方便不方便。水電費又到月了。」

「好討厭的女人！」朱書竹心底咒罵，但表面不便發作仍裝著歉意地說：「我都忘了。明天我親自送去好嗎？」

「不要緊，不要緊。」她又伸頭看了元麗一眼。「打斷你們的話頭，真的很抱歉，很抱歉。」

錢太太揚長地離開；但他們之間的談話，卻無法繼續下去。

元麗說：「我離開家已很久，媽媽又要查問我，我必須回去了。」

「可是我們的難題，還沒有解決。」

「那不是三言兩語談得完的，再慢慢想辦法吧。」

他看著元麗的背影，輕飄飄地離去；但心頭的陰影卻隨著遠去的高跟鞋「得、得」聲，一點、一點地加濃加重。

剛回轉軀體，那得得聲又從耳邊響起。他以為那是自己的心理作用；但一會兒便聽到元麗匆促地叫喊聲：「書竹，真糟糕，有人來了。」

「是誰？」

「那討厭的成百忍。」

「他怎會找到這兒來？」

「一定是媽媽告訴他的。」元麗慌急地說。「我不想在這兒見到他，你看怎麼辦？」

朱書竹倒希望成百忍在這兒見到元麗。元麗可以把自己的想法和真實感情告訴對方；成百忍就不會纏住她嚕囌了。

但此刻時間不多，無法和元麗辯論。說服不了她，也想不到完善的辦法。他在室中團團轉，倏地見到屋角電視機的空紙盒，那是準備存放書報雜誌用的，現在正好派上用場。

他打開紙箱的一端，對元麗說：「妳在這兒暫時蹲一下。」
元麗猶豫著。「要待多久？」
「一分鐘都要不了。我三言兩語就把他打發走──他沒有理由賴在這兒的。」
似乎她已無選擇的餘地，可以聽到「橐橐」的皮鞋聲，直向這兒走近。元麗迅速鑽進長方形大紙盒，他才開門讓成百忍進來。
成百忍昂著頭，像隻狼犬似地用鼻子嗅著，眼角浮著輕蔑和傲意，以審訊的口吻問：
「李小姐在這兒嗎？」
「不在。」
「可是，她母親說她來這兒的。」
「來這兒沒有錯。」朱書竹感到胸中有股氣息往上升。誰也沒有把元麗交給他，他怎有看管的責任。「但她早已走了。」
成百忍默默跨出門，又不放心似地縮回，目光在室內梭視了一會兒才說：「我要告訴你一件挺要緊的事，希望你能夠注意。」
「什麼樣的事，你說吧。」
「關於元麗──元麗是我的未婚妻，從此以後，你不能和她來往！」
朱書竹的目光，機警地落在龐大的紙箱上，真擔心元麗受不了他的侮辱，猛然從箱中躍出，使場面變得很尷尬，大家下不了台。

這也許是實話。元麗真的和他訂婚了，他才敢這樣說——不然，就是元麗瞞著他，所以她才不願意和他去法院。儘管她已滿了二十歲，還是一直這樣拖延著；但能拖到何時呢！

他氣憤地責問：「我和元麗來往，你能怎樣？」

「這麼說，你是不接受我的警告了？」

「當然不接受。」

「一定要接受！」

「……」

雙方的語聲愈說愈大，青筋暴跳，捲衣擄袖，有隨時要用武力制伏對方的企圖。

「朱先生，又有一位小姐來找你了！」房東太太的高嗓門，撲滅主客二人的怒火。

「請她進來好了！」主人大聲喊嚷。

小姐大步踏進門，諒已領會到室中的氣氛，訝異地問：「你們在吵架？」

客人表現很驚奇：「妹妹，妳來幹什麼？」

「我來找你啊！」

「胡說八道，妳怎麼知道我在這兒！」

「你的車子停在門口，還瞞得了我。」妹妹笑得很響。「哥哥，我問你，為什麼要和朱書竹發生爭執！」

「他一定要搶我的女友李元麗，不顧我的警告。」

妹妹轉身面對主人，嘲弄地說：「噢──我今天才知道你的祕密；因為有了心愛的人，才對我冷落……」

朱書竹愣在一旁，不知如何回答。怎樣都未想到，成芳玲竟是成百忍的妹妹。仔細一想，兄妹二人的個性差不多，都是持「財」傲物，狂妄得不把任何人放在眼內。以為天下的人們，都會圍著他們的財富打轉。但現在元麗躲在紙箱內，他不能和她作長時的辯論，應該早點兒打發他們兄妹出門。

「妳不要聽他亂說。」主人忙正式地解釋。「我沒有搶任何人的女友。」

「他還要狡辯。」成百忍悻悻地說。「妹妹，我問妳，妳怎麼認識他？」

「他是我的同學。」

「不管同學是真的還是假的，我要妳趕快離開這兒！」

「同學還有真假？」妹妹尖著嘴，表示不滿。「做哥哥的，怎能亂說。我問你，你怎麼還不走？」

「我要和妳一塊兒離開。」

「我偏不走。」妹妹在書桌旁的一張木椅上，用力坐下。

哥哥像已看出不對勁，忙為自己找下台的藉口。「妳不走我走，」他尖刻地說：「我真不相信，在這窮兮兮的地方，妳怎麼坐得下來！」

沒有等到主人或是妹妹反駁，成百忍便返身跳出門外，匆匆逸去。

朱書竹想要把自己的厭惡感覺，說給成芳玲聽；但話到舌尖又改變了主意，只發了一聲輕喟。「妳應該聽哥哥的話，早點回去。」

「是不是又討厭我了？」

「妳不該待在這兒的。」

芳玲抓起桌上厚厚的一疊稿紙，連連搧動。「我今兒是有正經事來的。」

「那麼妳就快說吧！」

「如果有很適合的工作，」芳玲猶豫著。「你是不是願意擔任？」

這是從何說起。難道他被大家認為是一個懶惰的人，不願意擔任固定工作，所以才一直「失業」。

「我先要知道是什麼性質的工作，在什麼地方？」

「是我爸爸的工廠內，工作性質很適合你的專長——」突然成芳玲的話句停頓了，默默注視他的面龐一會兒，然後低下頭翻閱手中的稿紙。

他已完全明白芳玲的企圖。那是用「香餌」來釣他這條大魚；但他會貪圖那小利，順利地上鉤？

「謝謝妳的好意，」朱書竹壓抑住心頭激動的情緒，大聲說：「但我不希望靠關係去求得工作。」

「不是靠關係，是靠你的學問和本領。」成芳玲拍著稿本跳起。「如果我爸爸看到你這篇〈生產構造與利率〉的大作，馬上就會登門來拜訪，立刻聘你擔任要職。」

「那是妳過獎。」朱書竹才發現在她手中抓的，是李元麗幫他謄清的論文。元麗還沒有交代給他，就被逼躲在紙箱，他內心感到無限歉疚。「我這不成熟的東西，一文都不值。」

「是老同學了，何必客氣。」她躍至門旁，再扭轉脖頸報功似地說：「現在我就拿給爸爸去看。」

「芳玲，芳玲……」

眼看著成芳玲像隻跳蚤似地躍走，再轉身扳開紙箱。元麗揉撫膝蓋和腳踝一會兒，才慢慢站起。冷冷地說：「恭喜、恭喜，名利雙收，人財兩得！」

「千萬不要誤會，妳聽到的，那是別人一廂情願，不是我的意思。」

「可是，我不在這兒，你心中到底是什麼意思，就聽不到了。」

「到現在妳還不相信我的心？」

「你有什麼事實，值得我相信的？」元麗說完霍地轉身，向門外衝去。

朱書竹兩手一攤：「叫我怎麼辦？」

4

媽媽的目光，一直盯住陌生的訪客；但李元麗不便說明，她自己在朱書竹家經常看到這位房東錢太太。

錢太太小心謹慎地坐在椅子的一角，把平時粗而響的嗓門壓得很低，幾乎變成耳語。她說：「我真不好意思來這兒，打擾太太和小姐……」

元麗急著說：「不要緊，妳有話快說吧。」

「我很慚愧，很難過，但為了我，為了妳……妳……不得不來說清楚……」

客人吞吞吐吐，老是兜圈子，不說到正題。媽媽的視線圍繞在元麗和客人身上，似乎要立刻查出她們之間的祕密。可是，元麗怎樣也想不出錢太太來的目的是什麼。難道是朱書竹出了什麼事，託她帶信；或是有什麼緊急的消息，要她來傳遞；當著母親的面，無法啟口，一定是朱書竹關照過她，所以她才扭扭捏捏。

錢太太問：「李小姐，妳是不是已經看出，我和以前有什麼不同？」

以前根本就沒注意過她，頂多知道她是一個愛管閒事的房東，其餘什麼都不清楚，怎會和今天的她比較。她不得不歉意地搖頭。

「妳沒有看出：我的腰身比以前粗了。」錢太太站起來，用雙手在腰身兩側比畫著。「我以前不是這樣的。」

這可怪了。她不是裁縫師，又不是選美大會的評判委員，怎會注意到她的三圍。最近，諒是她發福了，說不定她是懷孕了，體型才會改變。

李元麗突地覺得自己想得太野。彷彿記得房東太太是個寡婦，她不該胡亂猜測。現成的恭維話，不得不說。「我記得以前妳的身材是很苗條的。」

「可是，我……我現在有……有了……」

雖然屋中都是女性，錢太太的舌尖仍像在吃熱米粥，一連串的結巴後，無法吐出下面的話句。

使元麗感到驚異的，把這樣的事，告訴只有點頭認識分兒的她，有何作用。難怪她母親直向她們瞪眼了。

「我特地要來說明的，」錢太太用手背揉眼睛，淚水像快要溢出眼眶。「害我的人，是是……是……我的房客，房客……朱書竹……」

「朱書竹！」元麗和母親同時發出尖叫，簡直不相信這是白天聽到的話。但錢太太歪坐在椅上，滿臉擠著痛苦的表情；而媽媽正用手指著她說：「妳該知道不聽父母的話，會有什麼後果！」

彷彿有支鐵錘，敲打「朱書竹」三個字，像枚鐵釘似地鑽進她的腦門。房屋、門窗，座椅連著地球在簸動、傾斜。相信永遠不會發生的事，竟清清楚楚地出現在眼前。面對血淋淋的事實，她無法辯白，氣憤壓抑在胸頭，輪到她結巴了半天，說不出一句話。

元麗費盡氣力，終於擠出幾個字：「我……我不信！」

「妳看看我這肚子，」錢太太的聲調高了起來。「我不會說白話。」

「我不信那是朱書竹的……」

「小姐，妳不信？可是，除了他，還有誰？」

母親攔住元麗，不准對辯，搶著問：「妳來這兒，是什麼意思？」

「朱書竹要負起責任，我要和他結婚——」

元麗插嘴大叫：「我不信妳的鬼話，妳給我滾！我要去問朱書竹。」

母親拉住女兒，並示意客人向後退。「妳去吧，我會作主料理這件事的。」

父親也被吵鬧聲引入客廳，驚訝地問：「什麼事？」

客人已驚懼地衝出門外；可是，母親兩手拉住女兒不放，嚴厲地說：「元麗，妳先坐下，聽我說。」

「不，不，我要去問朱書竹！」

母親說：「從現在起，絕對不准妳出大門一步！」

父親右手摸索後腦殼，像仍不明白爭吵的原委，只勸慰地說：「有話慢慢說明，有理慢慢解釋。」

元麗覺得有滿腔委屈，無法用言語訴說；爸爸再同情她，碰到這樣場面，也不能維護她。事實上，她心底的痛苦，絕不是別人三言兩語能夠減輕的。

淚水，汩汩地從眼眶流到面頰。她哽咽地說：「爸，我不要任何解釋，只想去死！」

「孩子，不要胡思亂想，媽媽性子急一點，都是好意。」

「不是媽媽，我不怪媽媽，我活不下去了，我要找朱書竹算帳！」

然而，媽媽竭力拉住她，爸爸也攔在門前。她無法衝出去。出去又能怎樣，錢太太是女人，哪有硬把懷孕的醜事，貼在自己臉上，除非是被逼得走此絕路——難道真的是朱書竹和她發生私情？

一點兒不會錯。每次她去朱書竹那兒，錢太太總是藉故在周圍兜圈子，原來是監視他們的行動。

想到這兒，像有一桶冰水從頭頂潑下，不自覺地打了一個冷顫。現在去問朱書竹，又能問出什麼結果來。

元麗噙著淚水，衝進房中，撲倒在自己床上低聲抽泣。耳中似乎聽到爸爸媽媽在客廳中爭論，但那像遠離現實的縹緲世界，彷彿和自己無關。與自己情感距離最近的朱書竹，竟是如此地斷了線，她像跌入霧窟，往深邃的陷阱墜落、墜落，眼睛看不見，耳朵聽不見，一片迷濛、昏黑，猶如失去了知覺，遠離了塵世。

突然覺得有人搖她的肩膀，頻頻呼喚：「元麗，元麗……」

她睜開眼，從迷糊的夢中驚醒，見媽媽正俯伏在身旁。「元麗，起來吧，洗洗臉，化化妝；有客人來了！」

「是誰！」她瞿然一驚，霍地坐起。「誰來了？」

媽媽說：「是成家少爺來看妳。」

她又頹然倒下。「不見，誰來我都不見！」

5

成芳玲衝進門，喘息地大叫：「不得了啦！怎麼辦？」

朱書竹從寫字檯旁躍起，對著面紅氣急的來賓，不滿地問：「什麼事啊，大驚小怪！」

「我真該死，我怎麼向你交代、向你解釋啊！」

客人捶胸頓足，頻頻自責；但始終沒有把「該死」的原因說出。所以只能讓他乾著急，主人一點兒都幫不了忙。

也許這就是她故意誇大的方法，根本沒有什麼了不起的事。怕他仍像以往一樣，不給她留下談話的機會；現在大聲鬧嚷一陣，就可以藉機會和他攀談了。

「妳說出來聽聽看。」朱書竹不得不用好話安撫。「我不會怪妳的。」

「真的？」

「為什麼要騙妳。」他說。「現在是女孩子第一，妳總會獲得原諒的。」

芳玲猶豫了半天，才結結巴巴地說：「你……你的大……大作……大作……」

朱書竹突地驚醒了。「我的稿子怎樣了？」

「燒……燒掉了……」

「燒去幾張？」

「全部……全部化成灰……灰……」

有如一座山嶽，突然崩塌在面前，朱書竹覺得眼前一陣陰暗，整個世界變得昏黑無光。

他真沒有想到，花了三年心力研究的著作，竟被別有用心的成芳玲拿走，燬於片刻。而且是在他情場失意最消沉的時刻，他覺得不由自主地頹然倒在椅上，再也無法撐直自己的軀幹了。

到現在還不明白，元麗為什麼突然不理他。上門求見，拒不見客；寫去的信，原封退回。他想到那是成百忍在施用壓力，但元麗變心怎會這麼快？她發誓說，不論在何年何月，一定要和他結婚；但誓言仍在耳邊晃漾，她已再也不理他了。

沒有理想的工作，難道是元麗拒絕和他來往最主要的原因。事實上，他沒有職業，根本就無法維持婚後的家庭生活。雖然不願意接受芳玲為他安排的工作；但研究的成果，被人賞識、採納了，儘管不接受那職位，卻可以增加自己的信心和元麗的信任。

可是，一切都完了，白紙寫的黑字化成灰，他所有的希望和憧憬，都變成一縷縷輕煙，隨風飄散；他已永遠得不到李元麗了。

「怎麼會燒掉的？」他微弱地呻吟。

「是……是我哥哥幹的好事。他恨你、妒忌你的成就。」

「妳為什麼要拿給他看？」

「沒有。我是擺在爸爸的辦公桌上。他看到你的名字，就把那稿子，一張張撕下，用火點燃；當我發現去搶時，只搶到一張封面……」

成芳玲一口氣往下訴說，似乎被一口氣嗆噎住，無法繼續，卻抽抽噎噎地哭了起來。

他是答應過原諒她的——不原諒她又能怎樣。打她、罵她、侮辱她，都不能使燬掉的稿子復原，頂多增加笑料，使成百忍認為完全中了他的圈套。成百忍不但要搶走元麗，更反對妹妹和不長進的同學來往，確是心毒手辣。

「妳回去吧！」朱書竹冷冷地說。「哭是解決不了問題的。」

「你就這樣原諒我了？」芳玲似乎感到意外地驚訝。

「我並不怪妳，只是怪我自己——」

「為什麼會怪你自己？」

「我不該接近妳，更不該相信妳；把我最重要的稿件，輕易地讓妳拿去那麼久，而沒有取回，才使我的精力和心血，白白耗費！」

芳玲站在門口，伸手攪弄自己長髮的髮梢。「你這樣講，還比責罵我，毒打我，更使我難受。」她頓了一下，背對著他，喃喃地說：「我是希望你提出條件，或是要求報酬的，誰料到你是這樣的……」她沒有說完，就自顧自地像脫了韁的野馬一般逸去。

朱書竹遙望著她那消逝的背影，花了三年多時間研究的論文，只有片段的詞彙，在她長髮拂動的陰影下飄現，但隨即跟著隱沒。他真不知道成芳玲是怎樣想出會對她提出條件。他稿件的損失，是任何條件都不能補償的；除非元麗能再回到他的身邊……

「朱先生，對不起，我又打擾你了！」

書竹被身旁微弱的聲音驚醒，從恍惚的世界中復甦，見又是房東太太。儘管心底好不高興，但嘴裡仍漫應著：「沒有，沒有。」

錢太太沒有像平常那樣高聲大叫，爽朗地談笑，只是畏縮地側身挨進門，垂著眼皮說：

「今兒來，我想請你幫個忙——」

「妳是說房錢；房錢我早付了。」

「不是這個意思。」錢太太搖頭。「現在我要說兩件事，一是請您幫忙，一是請您饒恕。」

真想不到房東太太，會在他心情最惡劣的狀況中來嚕囌個不停。是應該趕走她的；但為了今後雙方相處，不致鬧得太僵，還得敷衍一番。

「妳先講幫忙的事吧！」

「朱先生可不可以幫我寫一張告訴狀？」

「妳要控告誰？」

「壞蛋成百忍！」

彷彿有支大鐵錘，猛地擊中他的頭顱。踉蹌了一下，又跌倒在原先的木椅上。他應該控告成百忍燒燬他的原稿；但當時沒有想起，也不懂得成百忍是不是違法；現在經錢太太這麼一說，就覺得自己的想法太遲鈍；可是，原稿不是從他手中拿去的，成芳玲願意作證？他真的要去控訴？法官會判成百忍的罪？成百忍將用什麼理由為自己辯護？

朱書竹的腦子亂成一團，理不出頭緒。自己的事，慢慢再研究，應聽聽錢太太怎麼說。他問：「妳控告他什麼？」

「我……我要告他妨……妨害……」

「妨害什麼？」

「不……不……不……」錢太太囁嚅著，似乎無法出口，結巴了半天，又吐了半句：「他……遺……遺棄……」

像有一陣低沉而悶鬱的雷聲，在他頭頂、耳邊鬧轟轟響著。從錢太太羞怯的表情和吞吞吐吐的言語，就明白了大半。錢太太的丈夫是個海員，遇海難死亡，雖然留下一些房產；但她年紀不大，守寡了三年多，聽口氣是吃了成百忍的虧了。

他問：「妳怎麼認識他？」

「全是受了胡課長的騙。」錢太太的尖細眉毛向額角斜伸，狠狠地說。「先說好是害人的，怎知到後來卻害了我自己。」

想起來了，那是在元麗家見過的胡似良。他是硬拉成百忍和元麗結婚的「媒人」，怎會來騙這個不相干的錢寡婦。

「妳說的話我聽不懂。」

「你不懂也好。」錢太太想了想。「你慢慢就會明白；但我現在要問你，是不是答應幫我寫告訴狀？」

這可難倒他了。如果是控訴別人，為了房東房客的交情，也許可以執筆書寫；但要告發的卻是他的情敵成百忍，別人不知箇中原委，準以為他是假公濟私，從中挑撥，錢太太才會找成百忍的麻煩。

朱書竹推諉地說：「很抱歉，我不是學法律的，不曉得怎麼寫。」

「那還不簡單，只要寫出受騙的經過——」

對方的話突然頓住，似已觸及難題，無法說下去。當然，那是個人祕密，如果她不主動提出，旁人是不能追問的。

為了減少面對面的尷尬，朱書竹拿出紙和筆，坐在桌旁，也要錢太太坐下。

他說：「揀重要的講吧！」

錢太太似又墜入回憶中的幻境，雙目瞪住他手中的灰桿原子筆，從胡課長介紹成百忍認識時說起。

「當時胡課長說，成少爺受了別人的氣，要我為他報仇雪恨……」

「不對，」朱書竹搖著筆桿糾正道。「他們兩個大男人，怎能要妳這個柔弱的女性去做這樣的事！」

「我也是這樣想，也是這樣說；但他們只要我裝成懷孕的樣兒，出去說幾句謊話騙騙別人，所以我就答應了。」

「妳怎可以違背良心去害人？」朱書竹雖然記下要點，但還是表現了正義，用譴責的口吻怪她。

「現在我真覺得很後悔。但當時他們買來很多漂亮的高貴的花布，要我圍在腰間，說用過了就送給我——」

「妳是見『布』眼開。」

「不，不！我不是那種人。胡課長說成百忍很喜歡我；我如果幫他報了仇，他會和我結婚。誰想到，成百忍是真正地騙我，欺侮我，假裝愛我。等我真的懷孕了，就躲避著不理我！」

該是搔到心中最痛苦的疤痕了，她又開始啜泣。現在不便再加呵責，這完全是報應。她用欺騙的方法去害人，成百忍再用相同的方法去害她；開始的時候，她就應該想到這樣結果的。

朱書竹把筆擱下，用問話打斷她的哭泣：「妳最後的目的是什麼？」

「要他和我結婚！」

那是夢話。成百忍結婚的對象是李元麗；她算是白費心機，將永遠不會有結果的。這道理不能明說，朱書竹轉了一個彎。「妳要和他結婚，就不應該告狀。」

「那要怎麼辦？」

「應該找人調解。」

「我該找誰？」

「找你們的介紹人胡課長啊！」朱書竹學她說話的腔調，又補了一句：

「那還不簡單。」

錢太太眉目飛舞，似從黑暗進入光明，突然有了領悟，霍地躍起，急切地問：「找胡課長有效嗎？」

沒有效。胡課長是元麗的介紹人，不會管錢寡婦的事。這樣的祕密，不必說給她聽。只要把她推出門，不必求他寫告訴狀就行了。

他說：「這是唯一的希望，妳應該去試一試。」

「你真好，你真是個好人。」錢太太拍著他的肩頭說：「我不該聽他們的鬼話，想盡辦法害你……」

「害我？」

「是的，確實是害了你。所以我一來就跟你說，要求你饒恕，你已答應過我了。」

實在摸不清頭緒，像是走入漆黑的濃霧，不辨南北西東，迷迷糊糊憶起錢太太進門時的要求，他低聲呢喃：「請妳說明白一點。」

錢太太的眼睛瞪著他，慢慢站起移動腳步，半步、半步向門旁倒退，有如提防主人隨時會猛撲她、吞噬她。

「我裝成孕婦的模樣，曾經對李元麗小姐說……」

「說什麼？」

「說是你……你……你欺侮……我……才這樣……」

朱書竹像被座椅的彈簧彈起，兇猛地衝在她面前，想拚命摑她一記耳光，但錢太太一直向外退讓。「你答應過原諒我的……」

不錯，不論有沒有答應，都要原諒她。現在打她、罵她能對事情有幫助？李元麗對自己的誤解，和他近來精神上所受的打擊，任何方法都不能補償。

他輕喟了一聲，又退回原位。

錢太太又說：「我曉得自個兒不對，為了將『功』贖罪，我已幫你解釋過了。」

「向誰解釋？」

「當然是向李小姐。」錢太太又現出得意的神情。「我把事實真相說清楚，李小姐也原諒你了。」

這像是一場惡夢，錢太太所扮演的魔鬼角色，既滑稽又可笑；但這惡夢怎會降臨在自己頭上？

「我不信，」他喃喃自語。「我真不相信。」

「為什麼不相信，我再不會說欺騙別人的話。」錢太太的手向外指。「你看，李小姐不是來了！」

朱書竹忙趨前察看，李元麗真的與匆匆踏進門。

她見到錢太太，突地一怔；但面色隨即緩和下來，笑著說：「書竹，你不要我再解釋了吧？」

「我一直被蒙在鼓裡，剛聽到錢太太告訴我的事。」他埋怨地說：「妳對我有了誤會，應該當面問清楚，怎麼可以不理我！我真的不想活下去了！」

「過去的事不用提了。我受的痛苦，比你要大得多。媽媽鎖住我，不讓我出門，我一直沒有自由……」

錢太太搶著說：「這些都怪我，我真該死。你們二位原諒我了嗎？」

朱書竹看著元麗，和元麗的視線相接。元麗正微微地點頭。「我們都不會怪妳了，妳和我們一樣，都是受害的弱者。」

「對，現在我就去找他們算帳。」錢太太說完就踅轉身軀跳出門外。

屋中只剩他們二人，互相凝視片刻，彷彿要看出在長期的別離中，對方是否有很大的改變。

元麗終於打破沉默：「我特地來告訴一個使你興奮的好消息。」

「還有好消息？」書竹說：「有妳在我身旁，就是最大最好的消息了。」

「說正格的。」元麗的表情嚴肅。「關於你的大作〈生產構造與利率〉……」

「早就被燒成灰燼了。」

「我聽成百忍說過。但我已把複寫的另一份，早送給華茂實業公司的董事長看過，明天上午九時約你面談！」

朱書竹幾乎不相信這是事實。他慢慢走近元麗，輕輕地擁著她，柔聲地問：「這該不是夢境吧？」

「不，是千真萬確的事；惡夢早已醒了。」

他們同時看原來掛「日曆」的地方，紙片已全部撕去，只剩一面光滑的白色硬紙板，二人不自覺地相顧而笑。

——原載《文藝》月刊

舞會

吳鎮冰拾掇好課本作業簿，準備回家，黃筱薇斜倚在教室門口大叫：「吳鎮冰，紀老師找妳！」

她抬起頭，見筱薇臉上塗滿笑意，便說：「不要騙人！」

「妳這人真是鬼心眼！」筱薇走進教室，站在講台上，學著紀老師講話時，兩手一攤的姿勢。「誰騙過妳？」

她想了想，沒有錯。平常同學們喜歡開玩笑，故意假傳老師命令；可是筱薇沒有這樣做過，而且她和筱薇的家住得很近，早晚同出同進，經常在一起做功課，星期假日也多半在一起遊玩，談天說地；筱薇不會在這時候騙她。

「他在什麼地方？」

「辦公室。」

「妳替我看東西，」她又加了一句：「等一會兒，我們一道走。」

筱薇做個鬼臉。「你們兩個不要談了忘記時間，叫我盡等！」

「胡說！」

她衝出教室，更覺得筱薇的想法奇怪，紀老師在這學校教了三年書，一向以嚴厲不和學生隨便談笑出名；而且她轉進這學校還不到一個月，除了在課堂上和紀老師問答外，沒有在任何地方講過一句話，黃筱薇怎會和她開這樣的玩笑？難道筱薇也看到紀老師對她的態度有點異樣？

穿過一條長長的走廊，到達辦公室，她不自覺地笑了起來，紀老師按時上課、下課。目光輪流看著每個學生，怎會在射到自己座位旁時，變成有特別的意思？幸虧沒有和筱薇談過自己的想法；不然，一定要引起她的嘲笑。

站在辦公室門口，她反而猶豫起來，這時確拿不準是筱薇開玩笑，還是老師真的叫她。如果老師沒有找她來，自己走進辦公室，老師將有怎樣的想法？會不會認為她藉故跟老師接近？

可是，現在沒有辦法了。紀老師已抬起頭，抹下近視眼鏡，伸長頸子覷著她，大聲說：「是吳鎮冰嗎？進來！」

她倒抽一口冷氣，還好！辦公室裡空空的，除了紀老師外，只有兩排空辦公桌，低著頭走過那些空座位，心裡緊張起來，她常常想：假使只有她和紀老師單獨在一起，將會有什麼事情發生？她認為永遠不會有那種機會，可是現在卻真的出現奇蹟了。

走進老師辦公桌，才發現老師面孔嚴肅，眼睛睜大盯著她；目光不像平時在教室那樣含有深意，別的同學都說他兇、嚴厲，她卻感到他很柔和，眼神中彷彿有一種無法說出的語言，不少同學怕上他的課，只有她喜歡聽他帶點沙啞的嗓音，看他雙手揮舞的滑稽姿勢；當然，在她擒住那深邃莫測的眼神時，更有無法形容的微妙感覺，不知道是羞怯還是喜悅？

老闆問：「妳知道我為什麼找妳？」

這問得太怪了，是他找她，她怎會知道他內心的意思？不過，這話可以證明：不是筱薇尋她開心，而是確有其事了。

她說：「不知道。」

「妳最近有沒有做過不應該做的事？」

這話可難答了，他是老師，而她是學生；他們的身分不同，對有些事的看法和標準不一樣，怎能確定那些事是該做或不該做？這時老師的面色很不好看，不是講這道理的好時機，還是少開口為妙。

「沒有。」

「不給妳證據，妳不會承認。」老師放下手中紅筆，打開辦公桌左邊的抽屜，抽出一封信，放在她面前，「看看這是誰寫給妳的？」

她心尖哆嗦，看到信封上的字，就認出是胡為欣的筆跡，無論如何不會想到胡為欣寫信到學校來；更想不到紀老師找她，是為了胡為欣的信，難怪紀老師是那樣的不高興。

既然是寫給她的信，而且已被打開過了，不看也不行。抓起信封，抽出信紙，胡為欣好長的耐心啊！寫得密密麻麻的兩大張，這叫人怎麼看嘛？一面鎮定地看信，一面還要留意老師的目光，老師目不轉睛地注視她的表情，彷彿要從她看信時的態度，看出她內心的反應。胡為欣真怪，怎知道她轉來這學校，寫信來惹出麻煩。

草草看完信，把信紙照原樣套入信封，再放回老師面前，她含糊地說：「我不知道。」

「妳不認識這個人？」

「認識。」

「他是誰？」

「是我以前的同學。」

老師的聲調嚴厲起來：「妳為什麼說不知道？」

「我是說，」她眨了眨眼睛，盡量想法使自己的話說得更圓滿。「我不知道信裡所寫的事。」

胡為欣的信中有不少「吻」、「想念」、「擁抱」、「永遠相愛」……等等肉麻字眼。如果信只有她一人讀，或許不會起厭惡的感覺，可是信被訓導處打開，交給導師，中間不知經多少人過目？別人看了，對她的觀感怎樣，她不想猜測；可是導師的惱怒非常明顯，她恨胡為欣故意寫這封信害她。

「妳最近又和他在一起？」

「沒有。」

「可是信上這麼說。」

她低著頭，不想和導師辯論，現在她雖沒有仔細讀這封信，但她確實沒有再和胡為欣在一起。胡為欣信中對時間和地點寫得都很含混，使別人看起來，認為她昨天還和他在一起接吻、擁抱。那實在是冤枉她。這可能是胡為欣的文字表達力不夠，也可能是故意寫這封信害她。胡為欣一定知道，她現在念的這所教會辦的女校，對學生生活管理很嚴，當然要檢查信件，還會寫來這樣荒唐的信。

「回答啊！妳為什麼不講話？」

「我怎麼說呢？老師只相信別人信上寫的，卻不相信我所說的，我還有什麼好講。」

「好吧！妳講講看，只要有道理，我會相信。」

「我不但來到本校後，沒有見過他的面；將來我也永遠不想看到他！」

老師不信地搖搖頭，「為什麼？」

這叫她怎麼回答呢？故事太長，一時說不清；而且她也不想把往事在老師面前提起。

「因為他是懦夫！」

紀老師皺皺眉，像不了解她所說的話，也像不贊成她用這種字眼形容同學。可是除了「懦夫」之外，還有什麼更恰當的詞彙？胡為欣是甲班的班長，她是乙班的班長，丙班的班長也是男生，所以同學們都說他們是「三角夾一邊」。他們三個因為職務的關係，時常聯繫、談話。更增加了同學們嘲弄的材料。兩班班長身材又瘦又小，站在她身旁，像個小弟弟；所以慢慢的同學們總把她和胡為欣扯在一起。有人見胡為欣和她坐在公園裡談心，有人說是在長長的大橋底下，看到她和胡為欣在一起散步；還有人看到他們，在一個僻靜的教室角落裡，手拉著手坐著研究問題……可是，她和胡為欣從沒有這些舉動。

她認為只要自己清白，不管別人的嘲弄和謠言，所以仍很大方地做事、講話。可是胡為欣不行，如有什麼事情要聯繫，總是叫丙班的班長轉告她；不但當面不講話，即是在走廊上遠遠地看到她，便掉轉身向另外方向逃跑。這樣更糟，同學說他們是故意避嫌疑，嘲笑得更厲害。

一次，她在走廊的轉角處喊住迎面走來的胡為欣，生氣地問他：「你為什麼躲開我，怕我吃掉你？」

「不，不……」他囁嚅地說。「同學們說得不好聽……」他的雙腳移動，像隨時準備逃跑的樣子。

「你這樣鬼鬼祟祟，更害了你自己！」

「我沒有辦法，同學講的話，我受不了。」

「你不能和以前一樣：大大方方地講話？」

「不能，看，看，同學來了，我再不和妳講話……」她沒有說完就溜掉。

第二天就傳出吳鎮冰失戀的消息，因為同學沒有聽到他們全部對話，只聽到胡為欣那沒頭沒尾的半句話，所以就生出另一種謠言。

她感到又好氣又好笑，這怎樣向別人解釋呢？如果她和胡為欣真有情感存在，背一點謠言，倒是心安理得；可是，他們之間是一張白紙，除了同學的情誼外，什麼都沒有，現在連話都不講了，她怎甘心受這惡名？

於是她寫了一張便條。

爲欣同學：

爲了我倆的事，請你在今天晚上七時，到學校後面的石橋旁一談。

鎮冰跑進胡為欣教室，走近他課桌旁，把摺疊成四方的紙塊交給他。他面孔嚇得發白，忙把紙塊塞進口袋。她看到他窘得可憐兮兮的樣子，才輕鬆地離開了他。

晚上的風很大，天很黑，沒有星和月，這石橋離學校很遠，她從沒有想到晚間的鄉村是如此可怕；走了一半，便有淅瀝的雨點撞擊著面龐，這時才擔心那個膽小如鼠的胡為欣不敢來赴約。她乘著一股勇氣跑來，若是胡為欣不在橋旁，她真不知道如何回去。

還好，胡為欣已站在橋頭，這時雨點更大、更密，他們走向河對岸的小木屋，木屋的門鎖了，他們並肩站在門前，她白天想好了一套話，正不知如何向他開口。想不到胡為欣在黑暗中，比白天要勇敢得多，他什麼話都沒說，就把她擁在懷裡開始吻她。

等到他的嘴有空時才說：「我不知道自己過去有多傻，為什麼不多找機會接近妳？」

現在輪到她沒有辦法開口了，她約他來，是要和他徹底談一談，他們該像任何同學一樣：在一起談天、說笑，讓所有的人在認清事實之後，感到慚愧。可是，有了這樣結果，卻使胡為欣誤會她是追求他，這多麼傷害她的自尊啊！難道她在寫這張便條時，潛意識中真有擒住他，想使他在她面前屈服的動機？

經過這次晤談，胡為欣在人前羞怯的毛病是沒有了，他們在學校裡有說有笑，星期假日也在一起遊玩、看電影。她和他的感情，已弄假成真了。

在朝會上，訓導主任上台講話，他從讀書、品德，忽然轉到男女的交往問題上。他說：「我們都知道，在任何地方，都是男人追求女人；可是現在卻出現了奇蹟，女生在追求男生；而且這奇蹟出現在本校。」

她心底一怔，訓導主任雖沒有指名道姓，但她知道那是講的她。她和胡為欣的事，訓導主任為什麼知道得這樣清楚？從人縫中看向胡為欣，胡為欣正紅著脖子低著頭，看著自己的鞋尖，學校禁止男女學生談戀愛；難道是胡為欣不敢承擔錯誤，就出賣了她？

訓導主任從口袋中掏出一個揉皺的紙團，慢慢打開，湊在鼻子前念道：「為欣同學——為了我倆的事……」

眼前金光閃爍，整個操場傾斜抖動，她已聽不到訓導主任念些什麼，腦中「嗡」地一聲，像有龐大的樂隊演奏，她無法承受那喧嚷嘈雜，兩腿也不能支撐自己的身體。她告訴自己要堅強地站住，應該接受任何打擊，可是，身體不聽自己指揮，她已暈倒在地上……

紀老師說：「我沒有看到那個人，但見了他所寫的信，就知道他是個壞學生，妳不應該和他來往。」

「我沒有和他來往，是他寫信給我，我沒有辦法。」

「我是指的以往，」老師搖頭。「妳母親要妳轉學，妳知道為什麼吧？」

轉學的因素很多，她不知道老師已曉得多少？全校的同學都聽到訓導主任的報告，她的自尊心全被剝奪了，再沒有臉面見那許多老師和同學，她不願繼續讀下去；學校也不願她這個「行為失檢」的學生，影響全校的學風；母親聽了誇大的論調，認為必須替女兒轉換環境。可是母親會把以往的事，全部告訴紀老師？

「知道。」她說。

「那就好，不要使妳母親失望。」

「我很聽母親的話。」

「這樣才乖。」老師用半哄半勸的語調說：「現在是讀書第一，不要胡思亂想，妳只是一個孩子，什麼都不懂，聽老師和母親的話，才不會吃虧。妳明白了吧？」

她低著頭，不想回答。

老師靜靜看她片刻，再戴上眼鏡，抓起紅桿筆，說：「妳去吧！早點回家。」

可是，她不想走，只想痛哭。這樣的事，在別的老師面前，不但要大驚小怪，還要抬出校規教條，狠狠處罰她一頓。最初見紀老師很生氣，她不知道自己將會受多大處分；現在三言兩語便解釋清楚，該感到高興才對，為什麼會有要哭的感覺？

老師又重複一次，「妳回去吧；沒事了。」

她仍僵直地站著沒有動，俯視老師抓著筆桿的滿是皺紋的手，老師有氣無力地寫了幾個字，再側轉頭問她「為什麼不走？妳要這封信？」

她垂下眼皮，咬著嘴唇望著那惹事的信封，不想說話。

老師左手把信推在她面前：「本來要留存在學校；既然妳要，妳就拿去吧！」

「我不要。」她牽動上身搖著頭說，忽然覺得鼻頭酸楚，喉嚨梗塞，她強制自己不要哭出聲。可是眼淚已溢出眼眶，熱熱地在面頰上爬行，她再也無法忍耐，忙用握著手帕的手，掩著嘴哽咽起來。

老師又放下筆，抹掉眼鏡，用詫異的神情打量她：「為什麼要哭呢？沒有打妳，沒有罵妳，也沒有處分妳；妳真是孩子氣！」

她抽噎的聲音更大，老師沒有打她、罵她，但老師對她的態度冷落和漠然，她覺得比受處分還要難過，而且她一直以為自己是長大了。今年十七歲，馬上就是十八，而老師還把她當作孩子。平時在教室裡，只要他的目光和她的目光凝聚在一起時，便認為老師完全了解她；如果碰上適當的機會，老師會告訴她些什麼，或是說些只能對她說的話；可是現在完了。

現在辦公室裡沒有人，這是老師選的好時機，他不應相信那懦夫寫來的信，該相信她所說的話。不論老師說什麼，她會全部接受的，她喜歡那沙啞的聲音，蒼白的頭髮，滿是皺紋的手和臉，他是個男人，男人應該先表示意思——什麼意思呢？她一時還說不出。他是個孤獨的男人，同學們都說，三年來，沒有見他和任何女人來往，沒有一個朋友來看他，他該是三十歲以上的男人了，也許是四十歲。她看不出他有多少年齡，有時覺得他很年輕，有時覺得他很蒼老；有時覺得她和他距離很近，有時又覺得非常遙遠，難道現在真要她先向他開口嗎？

她用手帕擦掉眼淚，低聲地說：「我希望……希望老師……」她說不下去了，只好瞪著眼看他。

「妳希望什麼？」

「希望老師相信我。」

「當然，我已相信妳了。」

「還有，」她停頓一下：「希望老師把我當作大人，不要看成孩子。」

老師的嘴角掀了掀，浮起一絲笑意，「妳想做大人了？」

「應該這樣說，我已經是大人了。」

他又上下打量她，辦公室的日光燈，光線不足，不知道老師是怎樣改簿子的？難怪他近視的程度越來越深了。還看什麼呢？她的身體很健美，發育完全，走在馬路上，從男人的目光中，她已知道自己不是孩子了，老師還要懷疑？

「現在我倒要問妳了，做大人有什麼好處？」

「好處很多，譬如說，」她感到內心猛然一驚，真不知道自己將要說出什麼話來。「老師可能會和我談談關於您自己的問題……」

「我？」老師驚叫道：「我有什麼問題？」

吳鎮冰咬住手絹的一角，慢慢思想著說：「老師是不是很煩惱？」

「誰說的？誰說我很煩惱？」

「大家都這樣說。」這是她信口胡謅，誰也沒有和她談過紀老師的事，她也不敢和別人談這樣的問題；但這時只有向大家身上推。

「大家？」紀老師用懷疑的目光盯著她，「大家怎會知道我內心和腦海裡的事？」

「我也不知道。」她接著又問：「老師是不是很少和別人來往？」

「那是我的自由！」老師的眼睛瞪得很大，緊緊地逼著她問：「誰又說我什麼了？」

「沒有，沒有。」她急忙分辯道：「我……我……我們只是關心老師。」

老師嘆了一口氣：「我的事用不著妳們關心，妳還是關心妳自己的事吧！」他伸手從一堆週記中，抽出最下面的一本，順手打開，放在她面前。他說：「今天看了妳這封信，本來不想和妳談這件事。既然妳承認自己是大人了，妳說說看：為什麼要這樣寫？」

那是她的週記，她低頭看用紅筆畫起的那一段：

人活在世上有什麼意思？沒有人關心你，沒有人了解你，到處是冷酷和虛僞的面孔。眞不如假，生不如死。花會謝、海會枯、月會缺、宇宙會毀滅。看起來，人生就是個大悲劇，充滿了痛苦、失望和空虛。我眞不明白：人爲什麼要出生？又爲什麼要死亡？人從什麼地方來，又要到什麼地方去？人們成年累月忙碌又爲了什麼？

寫這段話的時候，是在受母親責罵之後，當時只感到滿腔悲憤，拿起筆來便寫，寫完心中似乎輕鬆了不少。可是，現在重看一遍，內心又沉重起來。

她把週記簿合攏，推在老師面前。「這是寫我心中的一點感受。」

「妳小小年紀，能有多大感受？受了一點點挫折或是一點點委屈，就會這樣消極、悲觀，在人生的旅程上，妳剛舉步踏上道路，怎麼會想到終點？」

「所以我說沒有人了解我。」

「妳有要好的同學吧？」

「有。」

「是誰？」

「黃筱薇。」

老師皺皺眉頭，用酸酸的語調說：「那個嘻嘻哈哈不識愁滋味的傻大姐，當然不會了解妳，妳該結交個有深度的同學。」

「那是可遇不可求。」

老師連連點頭。「妳母親不了解妳、關心妳？」

「天下最了解兒女的，莫過於母親。」她寫那段話時的情緒又從腹中升起。「母親管這管那，但始終沒有管到癢處，愈是管得兇、管得多，兒女愈不滿、愈反抗——」

她沒有辦法再說下去，老師瞪著她的眼珠，快要突出眼眶，他也許是個道學先生，從來沒有聽過這樣的話，現在彷彿是被嚇呆了。

「妳這是叫什麼？哦——你們是被指為『失落的一代』。可是，妳的想法和妳的做法矛盾，思想還沒有成熟，多念點書，多體驗一點生活吧！」

她噘起嘴唇，不想回答，老師像仍把她當作孩子，認為懂得不夠多，她沒有辦法再談下去。老師說：「經過這次談話，我對妳知道比較多一點了，有什麼難題來找我吧。多接近一點，我慢慢會了解妳的。」

走出辦公室，才想起沒有把胡為欣寫的信帶走，她離開以後，老師也許又重讀那荒謬的信了。這封信雖然惹她生氣；但也由於這封信，使老師和她的距離一下子拉得很近——今天談的雖不很具體，但有了接近他的機會和理由，以後的發展就很難預料了。

「吳鎮冰，怎麼了？」黃筱薇抓著她的書包，還在走廊上大叫：「妳不想回家了是不是？」

「別急，就走了。」這時她才想起要筱薇等她一起回去的事，跑上前去，接過書包，「妳一個人留在教室，害怕了？」

「我才不怕哩，只是怕妳，擔心妳——」她們並肩向前，黃筱薇扭轉頸子看著她的面龐。「擔心妳會被『老虎』吃掉。」

「妳真的認為紀老師是老虎？」

「大家都是這樣說嘛，對了，我還沒有問妳：他叫妳去，到底是為了什麼事？」

吳鎮冰愣了一下，說：「我在週記上發了一點牢騷，他找我去『訓』了一頓。」當然她不好把剛才的經過告訴筱薇，那樣問長問短沒個完，她心煩還是小事；傳揚出去，真叫她有理無處說。何況有許多細節，她自己也說不清，仍以隱藏一點為妙。

「妳啊，妳真是心直口快，週記上還不是記一些普通的官樣文章，妳怎麼把內心的話寫上去？」

「甭提了，」吳鎮冰說。「那天受了媽媽的氣，肚子裡憋不住，一下子就寫上去……」

她沒有說完，因為那不全是事實。前天下了第二節課，看到紀老師和一個女人，在辦公室的樓梯口下密談。當然，她無法知道談話的內容；但很奇怪：如果是同學們的家長，為什麼不到辦公室或是會客室，光明正大地討論，要在樓梯旁竊竊私語？她從操場的一角，蹓到他們附近，想聽聽他們談些什麼。還沒有走近他們，就看到老師的臉色鐵青，狠狠地瞪著她，沒有在教室中那樣柔和的目光，她嚇得掉轉身就跑。這很明顯：老師不願她走近他們，不願她聽到他們的談話，所以才有那樣的猙獰面目。

她遠遠打量那個談話的女人，年紀是三十歲左右，長得很豐滿，左頰的下方，還有一粒黑痣，講話時點頭簸腦，大家都說紀老師不和女人來往；這女人到底是誰？和他密談的又是什麼內容呢？

第三節就是紀老師的課，平常他都是準時上課的；可是現在打了上課鈴很久，還沒有見到老師的身影。她看著自己的腕錶，秒針一格一格跳過去。三分、五分、六分……八分鐘過去，紀老師才拖著腳步走進教室。她覺得他沒有以往講課精采，眼睛一直瞪著天花板，沒有用柔和的目光看著大家。她找所有的機會，想捕捉他的眼神，直到下課，她失望了，老師受那個女人的影響，已完全忘記她。不知什麼緣故，突然之間她覺得活在世上沒有意思，還不如死了的好，所以才在週記上寫下那麼一段，這樣的心情，怎好告訴黃筱薇。

筱薇說：「伯母還是那樣子？」

「是啊。那還改得了？打牌、跳舞；跳舞、打牌，從來不把我這個女兒放在心裡。妳看我，活得還有什麼意思？」

「怎麼啦！妳今天被『訓』了一頓，就牢騷滿腹了？不要把事情看得太嚴重，她玩妳也玩嘛！」

她不願和黃筱薇再談下去，只想靜靜地思索：老師對她的態度，以及她今後應該怎樣和老師接近等等問題。可是現在腦中很亂，整理不出一點頭緒。一會兒是老師的身影，一會兒又是媽媽的聲音笑貌，一會兒又是胡為欣那種可憐兮兮的樣子；直到黃筱薇和她說「再見」

的時候，她才發覺自己已到家了。

還沒有走進門口，她便大聲喊：「媽媽，媽媽……」現在她覺得有滿肚子的話，要和媽媽談談。她顯得太寂寞、太孤單了。

可是，媽媽沒有回答，只聽見一陣「希里嘩啦」的牌聲和談笑聲。

她站在牌桌前發呆。

媽媽說：「妳怎麼不叫人哪？」

「葛伯伯、李媽媽、鄭叔叔……」

她轉身跑向自己房內，把書包摔在桌上，身體往床上一倒，甩掉鞋子，雙腳擂鼓似地在床上捶著。媽媽除了打牌、跳舞，就沒有事好做？媽媽難道也是太寂寞、太空虛？如果有爸爸就好了。爸爸可以管媽媽，也可以陪著媽媽做有意義的消遣，就不會讓媽媽和那些不三不四的人打牌了。

媽媽真怪，從不和她談爸爸的事，有時說爸爸死了，有時會說爸爸跟另一個年輕的女人走了。看樣子，媽媽非常恨爸爸，所以也不願女兒提到父親。她只知道父親是招贅在吳家，所以她跟著媽媽姓，在她一歲大的時候，爸爸就離開吳家，她不記得爸爸的樣子。媽媽個性很強，把家中所有的爸爸照片都撕掉，不然，她也可以從照片中認識爸爸的面孔。

女傭阿菊來喊她吃飯，她說：「我不吃。」

阿菊說：「妳不吃不可以啊，妳不是還要去跳舞？」

她從床上躍起，瞪著眼問：「誰說的？」

「妳……妳不知道？我聽太太和那個人說的。」

「我不去。」

她又倒在床上，看到阿菊伸伸舌頭出去。可是，立刻媽媽就進來了。

「小冰，妳為什麼不吃飯？」

「我不餓。」

「妳又鬧彆扭了，好好的為什麼不吃飯？」媽媽坐在她床前，摸著她的額角：「是不是不舒服？」

「沒有。」

「那麼，快去吃吧。一會兒，林叔叔就會來接妳。」

「阿菊的話是真的？我不去！」

「妳真是個傻孩子，有得玩還不去，別人家父母，才不讓妳這麼大的女孩子去跳舞哩！」

「我不稀罕這特權，我希望也有爸爸媽媽管我。」

母親愣了一下，像觸及她的隱痛似的苦笑道：「以後我會好好管妳，今天妳非去不可，林叔叔家的新廈落成，舉行『派對』，本來我是答應他去的；妳看，家裡這麼多客人，我去得成？」

「妳不能趕他們走嗎？」

「不要說孩子話了，快點去吃飯吧，媽媽以後不會讓妳代我去應酬了。」

媽媽既然這樣說，像是非去不可了。她說：「是哪個林叔叔？」

「噢——怎麼忘了？就是上次妳代我去陪他遊玩的那個人，妳還告訴我，說是玩得很開心。」

「我不去，他們那一夥，都是三四十歲的老頭子。」

母親噗哧一笑，「如果都是些毛頭小夥子，亂蹦亂跳，我才不讓妳去哩。」

她感到自己的臉發燙，心中的祕密被母親揭穿，確有點不好意思。她把臉俯在枕頭裡說：「我要和同學——黃筱薇一道去。」

「好吧，兩個人去我更放心些。」母親已急急忙忙走向門外，又加了一句。「家庭舞會是歡迎女伴的。」

她和筱薇到達林家，確是受到很大的歡迎，舞會已開始，八、九位男賓坐在外面吃瓜子談天，而女賓都在裡面跳了，這是個陽盛陰衰的場面。

林家並不是新廈落成，只是在原來的房子後面，加了三間大的兩層樓房。主人大概是喜歡跳舞，藉這個名義來熱鬧一番。

主人為她們一一介紹，獻慇懃的男賓，為她們拿來糖和瓜子；還有人為她們端兩杯檸檬汁。

屋中的燈光很亮，長長的日光燈管，照射在每個人的面龐上，顯得又黃又白，像是帶著很大的病容。她很奇怪：主人為什麼不開那用紅色玻璃紙紮好的小燈泡，要用這樣強烈的光芒，破壞了情調。

她低聲對筱薇說：「這些舞伴，我一個都不喜歡。」

「誰要妳喜歡？逢場作戲，玩玩嘛！」

就是因為接受了筱薇的「玩」的哲學，才到這兒來，來了以後就覺得上當了。她說：「我不喜歡的人，就不願意和他在一起跳。」

「應該練習練習。看，有人來邀妳跳了。」

那是一個粗壯的中年人，臉方得像燒餅，還長滿了大小疙瘩。他在她面前彎腰鞠躬，她本想拒絕他的邀請；可是筱薇的目光一直在鼓勵她，不得不站起身。

舞池裡氣氛很好，四角裝了紅綠色壁燈，磨石子的新地，蠟也打得很滑。跟著音樂，走了幾步，發現這個「燒餅」的長相雖不好，舞步倒很熟練，內心那種受委屈的感覺才慢慢淡了些。

燒餅說：「那個穿黃衣服的小姐姓黃。介紹時我沒有聽清楚，妳貴姓是——？」轉過身，便看到黃筱薇，和另一個男伴在舞池中有說有笑。她問：「你看我的衣服是什麼顏色？」

「是綠的，蘋果綠。」

「那麼就姓綠吧。」

「可是，百家姓上沒有姓綠的姓；我還是叫妳作綠衣小姐吧！」

「隨你的便。」

這雖然是慢步子的舞，但她不想在跳舞時講話。尤其是在初次見面，彼此認識不深的時候。那男伴大概也察覺到她的冷淡了，所以靜默跳完二支舞。

外面的客廳已換成小燈泡，光線迷濛，隱約地看到又來了不少男女賓客，加上從舞池回來的人，一個很大的客廳，像是擠得滿滿的。主人彷彿是在招待新來的賓客，那個角落裡嘻笑談論的聲音特別大，這時看起來很熱鬧，但她卻有一種寂寞的感覺。幸虧她和黃筱薇一道來這兒，不然，在這熱鬧的環境裡她將更顯得孤單。

另一支音樂響時，她為了避免別人糾纏，就抓著筱薇進舞池，二人同跳「恰恰」。

舞池裡立刻擠滿晃動的人群。音樂聲、談笑聲和鞋底的踐踏聲鬧成一片。她和筱薇面對面地跳著、笑著，正玩得很開心，不料筱薇上支舞的舞伴，擠進來搶去筱薇，卻有另一個戴近視眼鏡的男伴插上來與她共舞。

她雖感到不高興；但這時不能回座位，又不能發脾氣，只好接著跳下去。才跳了幾步，那人就和擠在他們身旁的另一個女人打招呼。她掉轉頭，便覺得那女人的面孔很熟；但一時想不起在哪兒見過。

一支曲子完了，站在中間，等候另一支舞開始，她正面對著那女人的側影——身體豐滿，左頰有粒黑痣，講話顯出顛頭簸腦的樣子。腦中似乎有火花一閃，她想起來了：那是在樓梯下，和紀老師密談的那個女人，她怎會來到這兒。

吳鎮冰問：「那穿藍衣服的小姐姓什麼？」

舞伴說：「姓張，妳不認識她？今天的舞會就是她發起的。」

「不是說林先生的新廈落成？」

「那是一個藉口。」舞伴說：「實際上是她要幫別人促成一件婚姻，才找出這理由。」

她本想說，她為什麼那樣喜歡多事？但覺得跟陌生人討論這樣問題，不大得體，便臨時改了口：「她這人做事倒很熱心！」

戴眼鏡的人笑了：「熱心有什麼用，今天還不是枉費心機！」

音樂響了，吳鎮冰沒有追問下去，卻一直注意那女人。她的舞姿熟練，動作優美，不斷和在場的人微笑、打招呼，像是認識全場的男女舞伴。

回到座位不久，「燒餅」擎著香菸在她面前：「要抽一枝嗎？」

她搖頭，但黃筱薇卻迅速地伸手接來兩枝菸，遞一枝在她手中，嘻笑地對她說：「抽了玩嘛！」

「燒餅」為她們燃香菸，她試著輕輕地抽了一口，味道很辣，但還沒有到嗆咳的地步，接著就慢慢吸了起來。

筱薇的菸吸了一半，就捻熄走入舞池，但她卻藉口菸沒吸完，拒絕「燒餅」的邀請。她獨自坐在角落裡，看看自己吐的煙霧，感到迷惘。這時客廳的人很少，隱隱約約地只看到幾位男客；女賓只有她一人，其餘都被請下舞池了。舞池中傳來狂熱的「既扭且喊」的扭扭舞曲，她忽然覺得自己被別人遺忘或是冷落了。儘管是她自己拒絕別人，願意留下；但在舞池裡，仍會有這孤獨的感覺，她真不知道自己今天為什麼會來？來了以後，情緒為什麼又如此低落？如果不是怕給筱薇掃興，她真想立刻回家。這是成年人的舞會，她在這兒，似乎是嫌太年輕了……

她猛吸一口菸嗆著喉嚨，突然咳了起來。

一個男人走在她身旁。「年紀輕輕的，什麼時候學會抽菸的？」

聲音聽起來很熟，她心中一愣。抬頭見是紀老師，更覺得慌亂。一方面急著想把菸藏起滅熄，一方面又想站立，但手腳忙了一陣，什麼都沒有做成。

紀老師說：「不要起來，坐著談。」他已端坐在黃筱薇的座位上。「我想不到妳會來這兒。」

她把菸在菸灰缸中揉熄，心情已平定不少。她說：「我也想不到在這地方見到老師。」

「為什麼？」她聽出老師的語調有憤怒的味道。「這是大人們交際的場合，妳這孩子跑來幹麼？」

「老師忘了？我已經是大人了。」

「好，好。我問妳：是不是常常代妳母親出來應酬？」

本來想說這是第二次，但覺得老師沒有理由生這樣大的氣。在校內的學生，離開學校參加家庭舞會，並不算是壞事？如果認為這不是好的地方，老師就不該來。難道老師惱怒的原因，就是為了妨礙他和穿藍衣服女人會面？

「常常。」她說：「老師也常常參加這樣場合？」

「不。這是第一次。」

「那麼今天太特別了。哦——原來老師來這兒是因為張小姐——」

「張小姐？」

「那個穿藍旗袍的女人——」

「妳是指彭大嫂，那是我同學的太太。」

她一下子又糊塗了。既然是同學的太太，又叫她作大嫂，當然不是她腦中所想的那樣：是老師的女友。那麼，他來幹什麼呢？

音樂停了，人群從舞池內衝出來。她看到剛才和她跳舞的舞伴，向她微笑。突地想起他所說的話。

她說：「今天這舞會，是她特地為你舉辦的？」

「誰說的？」

他見到老師那種緊張的樣子，心裡更覺得有了把握。「當然不會全是為老師，還為了另外一個人。張小姐，對了，彭太太是非常願意成全別人好事的，是不是？」

「誰告訴妳這些事？妳又知道多少——？」

他沒有辦法再說下去，因為跳舞的人全回來了，黃筱薇也走近座位旁，老師不得不站起來。但吳鎮冰認為已擊中老師心理上的弱點，又加強語氣說：「你們的事我全知道！」

筱薇跟老師打招呼，並請他繼續坐下，她願意到別的地方去找位子坐。

可是，紀老師像沒有聽到筱薇說些什麼，根本就沒理她。他臉色陰沉而憂鬱，彷彿聽到一個壞消息，完全出乎意料之外似的。默默掉轉身，低頭走向那陰暗的角落。

吳鎮冰感到一陣得意，想不到在這偶然的機會裡，獲得紀老師的祕密——那個穿藍衣服的女人，要為紀老師的婚姻大事幫忙。可是，在這舞會中，誰是紀老師的對象呢？

筱薇說：「今晚上真倒楣，在這地方碰到『老虎』，明天不知要受什麼處分呢？」

「他自己的事已管不了，還會管我們？」

「他有什麼事？」

「現在我還不大清楚，」吳鎮冰想了一想說：「妳在這裡面看看：『老虎』會喜歡哪一個女孩子？」

「奇聞，奇聞！」筱薇不信地說：「那樣古怪的人，有這樣美妙的事發生，一定會使許多人驚奇。」

聽了筱薇的話，確令她失望，剛才勝利的感覺，一下子就消失了。她原來以為在經過一次談話後，老師會把她當大人看待，慢慢了解她；她也慢慢和老師接近，將來有怎樣發展，實在無法預料。如果那個彭太太的計畫成功，她自己的夢想不是永遠無法實現？這時候她急於要做的，就是想辦法去發現那個女孩子，然後……

然後怎樣：是破壞還是幫助他們，現在仍無法決定，她要看機會。

等，等，等，機會來了，戴眼鏡的又邀她共舞。

戴眼鏡的說：「妳這樣年輕，舞卻跳得這樣好——輕盈美妙。」

「那是你指揮得好。」

「妳常跳？」

「不常跳，今天是特地來看熱鬧。」

「熱鬧？」

「對了，不是你說的嗎，那位張小姐，是什麼太太？」

「彭太太。」

「彭太太要為別人相親——」

「相親？」戴眼鏡的舞伴笑出聲。「妳誤會了，不是相親。而是要一對離了婚的夫妻，破鏡重圓。」

她心頭一震，又覺得一陣失望，這和她的想法有了很大距離。這樣，既然不關紀老師的事，她也用不著費心機去探索究竟了。她淡淡說：「這任務很艱鉅啊！」

「可不是，」戴眼鏡的說：「她今天是枉費心機。」

「為什麼？」

「女主角沒有來，雖然想盡方法把男主角騙來，那有什麼用？」

「騙來？」

「只是這麼說，男主角不曉得有這樣安排，也不曉得有家庭舞會；只知道新廈落成，大家認為他們見面了，把以往的誤會解釋清楚，就可能言歸於好。」

「這樣像演戲嘛！」她突地感到興趣大增，「你為什麼知道得這樣清楚？」

「今天來到這兒的人，大多數都知道；唯有男主角自己不知道。」

他的話不全對，她和黃筱薇也不知道哩。當然，她們不是正式被邀請的客人，如果媽媽來，或許就會知道了。她要把這事打聽明白，回去告訴媽媽。

她問：「男主角是哪一位啊？」

他的目光在舞池裡繞了一周。「他沒有下來跳。哦——對了，就是妳在休息時，到妳座位旁談話的那個人。」

她的舞步慌亂，左腳踩在他的右腳上，「該不是你攪錯了吧？」

「怎會錯？彭太太親自指給我看的。他和妳談過話，妳不認識他？他是學校裡一位有名的老師……」

她的腳步一直合不上節拍，而且前前後後都碰到別人，這支舞像沒有辦法再跳下去，她該對「眼鏡」說明自己是頭痛，趕快回到座位去休息；不，該回家躺在床上，紀老師原來是離過婚的男人，這是她作夢也未想到過的事。難怪他那樣孤僻，不和別人——尤其是女人來往。不知道他結婚多久了，有沒有生過孩子？現在她對自己完全失去信心，她一直認為他三十歲左右，可是想到他的白髮、額角皺紋，也許是四十多歲了吧？對於那樣的一個老人，又是一個離了婚可能破鏡重圓的老人，還有多大幻想？

現在她真有點恨黃筱薇了：如果不接受她「玩玩」的哲學，今晚她就不會來此地，遭受這打擊了。

看：筱薇正和「燒餅」跳得很開心，有說有笑。真是一個「不知愁滋味的傻大姐」。

筱薇拖著舞伴，擠近她身旁，笑著對她說：「我要告訴妳一個有趣的故事。」

「妳說吧！」

「現在不行，故事很長……」筱薇被別人擠走了，她知道筱薇的故事，是「燒餅」告訴她的。全場的人都知道今天舞會的目的，「燒餅」一定把紀老師的事告訴她，難怪筱薇是如此開心了。

突地心中一亮，女主角沒有來，只變作彭太太一廂情願的想法，重圓未必會成事實。現在知道紀老師有過婚變的痛苦，說不定將來有更多的希望和機會。

她問：「女主角為什麼不來？」

「不知道。」眼鏡回答。「據說是臨時有事，派女兒來作代表——」

腦中「嗡」地一聲，音樂和鼓聲全聽不到了。壁燈、舞池和人影都在眼前旋轉、旋轉——她緊緊抱住——揪住「眼鏡」，不讓身體立刻倒下去。這像作夢、更像演戲。紀老師是十六年前離開家出走的父親？這簡直是不可思議的事，那是太可怕，又是太可愛的事！

不，現在還不能確定，要女兒代表母親來應酬的，未必就是她媽媽一個，或許是另外一個母親。

她問：「妳知道女主角姓什麼？」

「不知道。」眼鏡盯住她的面孔瞧，好像已看出她一會兒緊張，一會兒高興的心情。

「妳如果想知道，我會馬上打聽了告訴妳。」

「不必了。」

何必要找這個麻煩，讓「眼鏡」知道她就是被父親遺棄的女兒，現在有了這麼多線索，她可以問媽媽，也可以問紀老師——黃筱薇看不出她像紀老師嗎？紀老師知道她是他的女兒，能一直忍住不親近她？媽媽要她轉進這所學校，是要爸爸負責女兒的管教？還是藉女兒的機會和丈夫接近？在她轉學來的時候，媽媽有沒有和紀老師見過面？見面的時候又談過什麼問題……？

現在她希望沒有來參加舞會的女主角是她的母親，又希望不是她母親，她感到非常矛盾和苦惱。

回到座位，黃筱薇就拉著她向門外走。

站在圍牆外面，筱薇向四周看了看，再神祕地對她說：「妳知道嗎？這舞會是為妳母親舉辦的。」

她心中已有了準備，所以沒有多大震動，只是鎮靜地反問：「是剛才那個舞伴告訴妳的？」

「是的。」筱薇說：「他曾經問過妳的姓，妳沒有告訴他，所以他便問出關於妳家庭中的事——」

「除此以外，妳還知道些什麼？」

筱薇像不明白她問的是什麼意思，搖搖頭說：「不知道。」

看樣子筱薇還不知道紀老師就是她的父親。可是經過這樣證實以後，她該怎麼辦？

她思索了一會，對筱薇說：「妳能幫我一個忙，到我家去一趟？」

「幹麼？」

「把我母親請來，這是為她舉辦的舞會，她應該參加——」

「不行，不行，我沒有那麼大說服的本領，也沒有那麼大的面子。」

「妳別慌，我知道妳請不來。只要妳願意犧牲跳舞的機會肯去，我會告訴妳方法，把她騙來。」

「騙來？我沒有騙人的本領，也不會講謊話？」

吳鎮冰急得跺腳，「不要推三阻四好不好？妳到底去不去？」

「既然有這樣重要的事，我馬上去。」

「那就好辦。妳告訴我媽媽，就說我和一個姓胡的年輕人，在一起跳舞跳得很親密，有說有笑——」

「那戴眼鏡的姓胡？」

「別扯了，姓胡的沒有來，這是捏造的呀！妳告訴她，說我和姓胡的在跳完舞以後，還要到別的地方去玩，要她趕快來阻止我們的行動。」

「我不相信姓胡的有那麼大的吸引力，妳媽媽聽了這話就會趕來？」

「妳照我告訴妳的話去說沒有錯，誇大也不要緊，可是……」吳鎮冰鄭重地告訴她：「千萬不要說紀老師在此地。」

「現在我是愈聽愈糊塗了。」筱薇無可奈何地說：「妳還有什麼吩咐？」

「妳們來的時候，我會在那棵椰子樹下，」她指著院角後面的那塊空地。「最好能乾咳一聲，或是作個暗號什麼的。」

她看著筱薇離開，再回到客廳，人們都去跳舞了，只有零落的幾個坐著。

她剛坐下，紀老師便走過來，坐在筱薇的座位上。他問：「筱薇呢？」

「回去了，她有點不舒服。」

「妳為什麼不陪她一道回去？」

「我不想走，我喜歡玩，我要看最精采的表演。」

「表演？」

「是的，是人生悲喜劇，老師還記得我寫的那段週記吧？」

「記得。我看了不少遍。」

「在我寫那些話的時候，我不想活下去，我想死。」

「為什麼？」

「理由一時說不清，說了別人也不會相信。」

「現在還有那想法嗎？」

「沒有了。」她停頓一下，目光在老師面龐一閃，再低下頭說：「現在頂想結婚。」

「胡說，妳現在還是個孩子。」

「老師不是承認我已長大了？」

「沒有，沒有。」老師連連搖頭大聲言。「妳永遠是個孩子，最起碼現在是孩子：書沒有讀完，人生體驗不夠。真奇怪：妳腦子裡怎會有那許多奇奇怪怪的想法？」

「那是由於我家庭的關係，老師知道我的家庭吧？」

「不知……知道一點點。」老師結巴地說，「妳說說看，是什麼情形？」

音樂停了，人群從舞池內溢出來，喧譁聲擠塞著客廳，她藉機說：「這裡太吵，我們到外面去談。」

椰子樹不太高，半圓的月掛在樹頂，習習的涼風，從樹梢飄下，比在那窒息鬧嚷的客廳中舒服得多、清醒得多。

老師低頭沉思，她也瞪著天角遙遠的星星，不想打破沉寂。她計算筱薇來去的時間，三分鐘或是五分鐘以內，媽媽就要來了。來了以後，真如別人所預料的那樣：破鏡重圓？他們一定是有很多跡象——彼此有些希望言歸於好的行動，大家才幫他們拉攏。媽媽的個性很強，紀老師——爸爸的脾氣古怪、孤僻，不然誰願意多事。

現在，她突然明白了：紀老師平時目光中那種溫柔和關切，是一種父愛；而她那樣喜歡他，聽他說話的聲音……那是因為她血管中流著他的血液。

老師說：「妳的母親呢？她不關心妳？愛護妳？」

「她只知道打牌、跳舞，從不想到我。」

「那是因為妳長大了，可以自己照顧自己，所以她才有時間去消遣。」

「不，不是。老師完全不了解我母親的性格，老師沒有見過她？」

「見……沒有。」

「我轉學時，她去學校，老師沒有見到她？」

「沒有，那天我不在學校。」

「我母親不喜歡我，因為——」她盯著眨動的星星，耳中有鬧嚷的舞曲聲，她希望筱薇立刻來到，可是路上靜靜的，沒有人影。「因為她恨我那狠心的父親害苦了她。」

「她說過妳父親狠心？」

「是的，我母親很年輕的時候，父親就拋棄了她。」

「拋棄？」

「不是拋棄就是離開，這兩者還不是差不多。」

「妳也認為父親狠心？」

「當然。」她已聽到筱薇和母親的談話聲由遠而近。「我父親太自私、太任性；不但拋棄了我母親，還有最狠心的事……」

「什麼？」

「當著我的面，不認親生的女兒。」她已聽到筱薇的咳嗽聲和口哨聲。

「誰說的？」

她大聲喊：「黃筱薇！我在這裡。媽——快來啊！」

媽媽喊：「小冰，小冰。」

老師說：「妳攪什麼鬼？」他轉身要走，但她抓住了他。

媽媽和筱薇跑到他們身旁。媽媽喘急地說：「姓胡的小太保在哪裡？我要抓住他，剝他的皮！」

「媽，他被老師趕走了。媽！妳看，我把爸爸找回來了，媽媽高興不高興？」

黃筱薇驚呼道：「我的上帝啊！」

她抓著筱薇的手。「忙幫完了，我們該走了！」

她和筱藏躲在院牆的一角，聽紀老師說：「小冰這鬼精靈，耍的花樣真多！」

媽媽說：「我錯了，不該把她轉到這學校來。」

「我也錯了，我不該來這學校教書。」

「你現在肯認錯了？」

「妳現在也不會為打破碗、燒焦菜，一點點小事發脾氣了？」

是媽媽嘆氣的聲音「我們現在都長大了……」

鎮冰拖著筱薇向屋內跑：「那是他們自己的事，我們該去跳舞了。」

「妳真壞，就是不讓我從頭到尾把故事弄明白。」筱薇邊走邊埋怨。「我到現在還不知道那姓胡的到底是誰？」

「哦——那是我『嬰兒時代的鞋子』，早已甩掉了。」

——原載《皇冠》雜誌

煙霧在室中裊繞，金永福瞇細著雙眼，注視張里長的臉龐，想從客人的表情，知道更多的談話內容和來這兒的目的。但張里長猛吸著菸捲，像恨不得把那半截香菸一口吞下肚，才算過足了菸癮。

「里長真的是來為我家阿源說親事？」

「當然。」

「對方的聘金，真的要五萬？」

「那還假得了！」張里長似乎對主人的懷疑感到憒懣，把半截香菸戳進斑駁的鐵皮菸灰缸。「胡代表親口告訴我，他只有娟娟這麼一個女兒，一定要……」

金永福慢慢地吸菸，再細細地噴出菸霧；但目光仍隨著客人的動作旋轉。心弦也繃得很緊，彷彿再加一點意外的力量就會突然斷裂——阿源和娟娟的婚事就會告吹，他再娶不到那麼能幹和賢慧的媳婦了。

現在客人已倏地站起身，背著手看壁上掛的玻璃鏡框。過去金黃的日子全飛回腦際：那是阿源在農事研究班畢業的證書；還有農業推廣、改良品種和柑橘增產的許多獎狀。阿源確是個優秀的青年，和娟娟算是天生的一對；為什麼胡代表一定要……

張里長沒有說下去，是「一定要」聘金五萬元？還是「一定要」嫁給有錢的子弟，和胡家門當戶對？

主人跟著站在張里長身後，低聲解釋：「里長知道我們的經濟環境，山坡地和平地的收成都不好，不要說五萬，連五千也拿不出。」

「這樣說，這門親事就不用談了！」

「不，不，不。」金永福搖頭又搖手。「我不是這個意思，只希望對方把條件降低，我們一定會盡力。」

里長又坐在原來的椅子上，接受主人遞菸、點火；但僵局仍未打開。

「我老實告訴你，」里長裝成特別關照和體恤的神情。「目前有人跟娟娟說媒，對象是鎮上的和興銀樓小開，人家願意出聘金十萬，外加衣料、首飾……胡老二要什麼，人家給什麼。」

「那麼，胡老二的財是發定了；趕快把娟娟嫁給銀樓吧！」

「你這就錯了，胡代表並不是賣女兒。」張里長用責怪的語氣掩飾自己誇張的話。「而且，你家阿源和娟娟經常玩在一起，誰都知道；所以胡代表才讓我來說清楚。」

「他是說，不准阿源和娟娟在一起？」

里長又站起身。「你記住，這話是出自你的口，不是我說的。」他站在主人面前，雙臂揮舞。「當然，如果你們無意和人家談親事，阿源最好不要和娟娟在一起。他們兩個已不是小孩子了，免得別人閒言閒語。」

金永福的腦門像被鐵棍襲擊了一下，如果不是坐著緊抓椅把，或許會震昏躺在地上。他一直懷疑里長來這兒的真正目的，現在才算徹底明白了。他不是來提親，而是為胡老二傳口信：不讓阿源和娟娟來往，以免影響娟娟的名譽和「前途」。

「那還不簡單，」主人硬是把胸中升起的怒火嚥下，嗓門似仍直冒青煙，語調顯得扭曲。「胡老二管住娟娟，不讓她出來見阿源，問題不是就解決了！」

「胡老二當然會管娟娟，但是單方面管，不一定會有效；所以，阿源這方面要你負責管教、約束。」

「笑話！胡老二管不了女兒，我能管得了兒子？」

「話不是這麼說。雙方加壓力，問題就簡單得多；而且，阿源是男孩子，應該懂得如何自尊……」

如果張里長不是多年的鄉鄰，就立刻趕他出門。為了自尊，就要接受金錢的壓力，放棄自己喜歡的對象？阿源肯放棄嗎？自尊是這樣解釋的嗎？他讀書雖然不太多，但道理還是懂的。如果他家有洋房，銀行有存款，就不會有「自尊」的問題存在了。

「孩子們的事，還是讓孩子們自己處理吧！」金永福不願撕破客人面皮。「你還是勸勸胡代表，不必為兒女的事操心。」

「你說得倒輕鬆。阿源是男孩子，父母可以放手不管；娟娟是女孩子，如放手不管，你知道後果會怎樣？」

娟娟會嫁給阿源，做他的兒媳婦。現在突然岔路上跑出一個張里長，就不知道會有怎樣的後果了。

他不想和客人辯論，也不願使對方太難看。不得不委婉地說：「這是孩子們的事，我要和阿源商量商量。」

「不是商量，應該是嚴厲地管教他、阻止他。」

主人的憤怒已無法按捺，立刻搶著說：「里長是看著阿源長大的，該知道阿源的脾氣。他如果認為自己做得對，旁人能管得了、阻止得了？」

里長霍地跳起，把香菸用力擲在地上，伸右足踏滅。「那是你們家的事，管得了要管，管不了也要管。我是把話傳到了，如果做不到，將來的責任，由你們自己去負！」

這是個不愉快的談判，客人雖然氣沖沖走了，主人仍癱瘓在椅上搖頭嘆息。

太太從廚房匆匆跑出，埋怨地說：「你怎麼和媒人吵架？」

他吸菸，噴菸霧，再連連搖頭。「他不是媒人，是魔鬼！」

「你又犯老毛病——胡說八道，隨便地得罪人了。」

金永福沒有和太太辯論，只是埋頭思索著在什麼時機，用什麼方法，把張里長的話告訴阿源，而不讓阿源喪失自尊？

可是阿源進門的第一句話就說：「我要報告一個好消息！」

父親猛吃一驚，該不是有關娟娟的什麼事吧。阿源一定想不到張里長來這兒的目的和經過，還在自作多情。

「獲得好消息不要高興。」父親教訓兒子：「受了挫折也不應該難過、迴避，要抬起頭來向前邁進。」

阿源迷惑地望著父親，像不明白為什麼要說這樣的話。「現在有一個發財的機會，」他語調仍充滿興奮：「這次一定要好好抓住。」

「你是說去買獎券？」

「買獎券是投機、碰運氣，」阿源滿口輕蔑的意味。「我們要靠真正的本領，改變新觀念……」

父親連連點頭，表示讚賞；但他想起阿源是去農業推廣小組開會，一定是學了總幹事或是什麼股長的話，才這樣有條有理。

「又要使用什麼新方法？」

「我們家的土地，要全部改種芒果。」

鐵棍像又敲在他的頭上，本能地跳了起來。「我們全家一年到頭都吃芒果！」

兒子哈哈笑。「當然不能全吃芒果，我們要摘下來賣，賣到台南、高雄、台北……賺很多很多的錢，種芒果比種雜糧、地瓜有出息得多；那樣，我們就發財了。」

看看阿源臉上的興奮熱潮，便想起以往種植改良種的柑橘。那樣雖然收成比較好，但沒有改善全家的生活；而且他家的屋後，也種了五六棵在來種的芒果樹，雖然味道很甜，但吃起來全是筋，一棵樹也結不了幾只芒果。種多了怎會賺大錢？簡直是痴人說夢。

「根據我們以往種芒果的經驗，」父親冷冷地說，「不但發不了財，看起來，全家要喝西北風！」

「爸爸你不知道，現在種的是農會配發給我們的新品種，」阿源從胸口的衣袋中，掏出筆記本，一頁頁地翻著，然後就著一頁讀：「一種叫愛文，一種叫海特，一種叫海頓，全是美國來的。」

輪到父親哈哈笑了。汽車、太空船……那些機械的物品，是美國出產的好；現在的芒果樹，怎麼又是美國的吃香？他家屋後種的那幾棵芒果，是菲律賓進口的，品種也不壞啊！

「不管是哪兒來的品種，」父親的表情嚴肅。「我們耕種糧食的田地，絕對不種消閒吃的芒果！」

「爸爸，這是我們唯一發財的機會啊，」兒子臉上顯出痛苦的表情，用哀求的聲調說。「我們絕對不能放棄！而且我已和娟娟說過——」

「娟娟？」

「是的，娟娟也贊成我們來試試——」

「娟娟贊成，我們就該種芒果？」被張里長煽起的那股怒火的火焰雖然減低，現在又突地竄升。「你知道娟娟的父親，對我們提出什麼條件？」

「知道。他要聘金五萬，禮餅五百個，還要金飾、衣料……」

「誰告訴你的？」

「是娟娟。」阿源高聲怒吼：「娟娟說，那全是張里長的詭計，張里長要把她介紹給銀樓小開，所以才用這壞主意對付我們。」

金永福把菸頭在菸灰缸揉死，又點燃一枝香菸猛力吸著。他和張里長一直處得不錯，為何要這樣薄待他。一定是介紹給銀樓小開的婚事成功，謝媒的「紅包」會大得忘記了朋友和鄉鄰。

「你既然知道這麼清楚，」父親不願意在兒子面前火上加油。「還敢不種正當的糧食，去冒險種那不可靠的芒果？」

「那一定可靠。農會總幹事說，種芒果的一甲土地，一年就可以淨賺新台幣三十萬，我們有兩甲土地，一年就是六十萬。這個數字不小吧！」

當然不小，是聘禮的十二倍。那樣，娟娟穩是金家的媳婦了，但總幹事說的話，真的可靠？

「有這麼好的機會，確是難得。」父親仍沉著地問：「我們這兒，有多少人家願意種芒果？」

「這是一種新方法，大家種慣了原有的農作物，都很固執，不願接受這新觀念。」

「當然，我也不願意接受。」

「那樣就永遠失去發財的機會。」

「我們不要發財，只要規規矩矩種田，安安穩穩過日子。」

阿源低頭折弄著手指節，發出清脆的聲響。痛苦的表情，在臉上游移，接著用央求的口吻說：「我們的土地，如不能全種芒果，我希望起碼要種一半！」

父親站起身，也環視壁上掛的那許多證書和獎狀。阿源年輕，腦筋靈活，幹勁十足，而且又要加上失去娟娟的痛苦——父親僵硬的心腸也有點軟弱。

金永福倏地轉身面對兒子大聲說：「你可以在我們山坡地，試種一百棵芒果樹。」

娟娟撐著藍色遮洋傘，站在吊橋旁「在來種」的芒果樹下，注視阿源騎著自行車慢慢駛來，彷彿那車子的兩隻輪胎都爆了，一點氣兒都沒有，是用兩隻腿架著行走的。

他已比約定的時間遲了十分鐘，娟娟早想離開這燠熱的地方；但想到阿源不是一個不守時的人，才捺著性子一等再等。

阿源跨下車便直嚷：「完了，一切都完了！」

娟娟見他滿頭滿臉的汗珠，灰色短袖襯衫似已濕透。「你把話說清楚好不好，到底什麼事情完了？」

「芒果樹完了！」

娟娟又想到洩了氣的輪胎，全身感到疲乏。「芒果樹全部死了？」

「一百棵還剩下二十六棵。」

「怎麼會死的？」

「怪我沒有經驗。」阿源伸手擦一擦額角的汗水。「不會施肥，不懂得使用農藥，眼看著芒果樹一棵棵死去，我真想大哭一場！」

娟娟很想把捏在右手的白底紅花手帕，遞給他擦汗；但矜持和內心的不愉快，逼使著自己僵立著不動。「芒果樹真的對你這樣重要？」

「我早就和妳說過了，那是我的希望，那是我實現理想的機會。」

「這樣說，芒果樹對你，比我這個人重要得多！」

「當然不是，娟娟。」

但她已轉身，傘面隔開了他，背對著馬路。她很擔心這次會唔被熟人看見，傳到爸爸耳中，又引起很大風波，尤其在這最緊張的關頭。

「你知道我爸爸又有什麼新花樣？」

「真的很抱歉，娟娟。我被芒果樹忙昏了頭，還沒有來得及問，他又要怎樣對付妳？」

娟娟轉動傘柄，她的心也跟著傘面滑旋。「他說我不喜歡那銀樓小開，又要我嫁給化工廠的老闆。」

「恭喜妳啊，妳馬上就可以做老闆娘了！」

「人家跟你說正經的，你還開人家玩笑，我不來啦！」她踅轉身，賭氣地走向吊橋。

阿源縱身攔住她。「這不能怪我，事實就是這樣。我籌不出五萬塊錢；唯一的希望是我家土地，全部改種芒果樹；現在一百棵還種不活，我父親怎會答應我的要求，肯改變種植的觀念！」

一片烏雲遮住了熱烘烘的太陽，大地一片陰暗，她全身也覺得冷冰冰的。

「你不是一直很有信心的嗎？」娟娟不得不安慰他，為他打氣。「任何事總會有辦法好想的。」

「當然有辦法！但我們需要耐心和等待。」阿源把自行車攔在她前面，像在防止她逃逸。「剛才農會的人來察看芒果樹——所以我遲到了，很抱歉——他們答應我再配發五十株樹苗，並在技術上指導我怎樣施肥、防治病蟲害……實際上，我的經驗已夠豐富了，再種的芒果樹，一棵也死不了。」

「死不了又怎樣？」

「那樣就會賺很多錢，我爸爸就會把土地讓我全種芒果，兩年以後就可淨賺妳家要的聘禮十二倍；可是二年的時間好長，我們等待得了嗎？」

娟娟突然發現阿源的額頭皺紋很細、很深，這大概是他為芒果樹——該說是為五萬聘金發愁的吧！她把陽傘微微前傾，使陽光不能潑撒在他的頭頂，自己覺得稍微心安些。

「我們是可以等待的。」娟娟細聲地說。

「但辦法呢？」

「我想，我想，」她用鞋尖輕敲著車輪，躊躇地說：「我要去找張里長……」

「找他幹麼？」

「這次化工廠的老闆又是他介紹的。」娟娟突然感到面頰發燙。「我要親口告訴他，如果他再為我的事費心，我就死在他家——」

「胡說，千萬使不得，千萬不要拿生命開玩笑！」

娟娟笑了起來。「那是嚇唬他的；如果死了，還能等待兩年以後……」

她的視線正碰著阿源火辣辣的目光，阿源已伸出手來，她看看路上和橋頭都沒有行人，才把手絹塞進抓傘柄的左手，輕輕地伸出手掌。

張里長跨進金家客廳，才發現一切和以往不同。冰箱、彩色電視機都是新的，沙發椅也是嶄新的高級貨色；只有壁上那些鏡框仍和以往一樣——噢，又多了一張改良芒果品種增產的獎狀。

金永福從室內走出，笑嘻嘻地說：「里長！什麼風吹來的啊，難得，難得。請坐啊！」

這是挺稀鬆平常的話，但聽起來怪不是味道，像歡迎詞又像諷刺語。

那有什麼辦法，已經來了，只有硬著頭皮忍受。

也許是他自己多心，主人招待挺熱忱，拿最好的香菸，還在冰箱中拿出冰涼的果汁敬客，和預料的不理不睬完全不一樣。

「無事不登三寶殿，」他在客套話說完後，用咳嗽清一清啞澀的喉嚨。「今天特地來商量幾件事，希望能夠看在老朋友的面子上，多多幫忙。」

「里長太客氣啦！不論什麼事，只要里長吩咐，能做得到的，一定遵辦。」

里長摸摸發燙的面頰，想不到金永福的度量如此大；可能是他最近發了財，膽子壯了，說話時就沒有什麼顧忌了。

「事情很簡單，一定做得到。」張里長緊抓住機會接著說。「把你家多餘的芒果樹苗，分一些給我去種——」

「這個……？」

「每棵樹苗的價錢照市價算，就是高一點也沒有關係！」

主人呵呵笑。「我不是這個意思。因為左鄰右舍看到我家的芒果收成好，賣的價錢高，大家都來分樹苗，恐怕已沒有剩餘。」

「那個我不管！你一定要分給我這個老朋友三、五百棵，不然的話，」他舉起兩個拳頭，做出播擊的姿勢。「我要和你打一架。」

金永福好像笑夠了，面色沉重起來。「起初農會配發樹苗的時候，你是一里之長，怎麼沒有要一批？」

「那叫鬼蒙住眼睛，」張里長雙手拍膝蓋。「當時誰相信總幹事和什麼推廣股長的話，好好的糧食不種，要種那個鬼芒果；想不到一念之差，上了大當，丟了幾十萬新台幣不算，現在還要來求你老大哥幫忙。」

「我幫忙是應該的。」

聽金永福說話的口氣，像已答應分芒果樹苗給他種了，確是感到高興和安慰，隨即進一步要求：「要幫忙就幫忙到底，以後樹苗的施肥、用農藥、捉果蠅、溫水保鮮……等等手續，聽說都很麻煩，完全請你老大哥幫忙指導，免得我再走冤枉路，吃大虧！」

「你說的那些技術問題，我還是一竅不通；那完全是阿源一手包辦。」

「那不要緊。」他不讓主人有推諉的機會。「你有個又聽話、又能幹、又肯接受新觀念的好兒子，只要你吩咐一聲，他一定會照辦。」

「你的話說得不錯，但是——關於里長的事……」

他見金永福伸手連連搔抓髮絲，似在為困擾的事思索解決的辦法。主人的話雖沒有說完，他已揣測到那是指阿源不會幫他這里長的忙，那當然是為了娟娟的親事，惱怒了阿源。

客廳中顯得沉悶，屋外的蟬聲特別嘹亮。張里長藉機掏出菸盒敬菸，主人搶著燃火，氣氛又轉變得濃郁些、和諧些，彷彿雙方都已忘記那不愉快的話題所觸發的煩惱。

但情勢不容他退縮和逃避，只好厚起臉皮大聲嚷道：「我最後一件事，也是頂重要的一件事，就是為了阿源的親事。」

「又是阿源的親事？」

「沒有錯。」里長捏著嗓門，用興奮的語調解釋。「我最大的願望，就是完成娟娟的婚姻。」

「請你最好不要提娟娟！」

「為什麼？」

「阿源現在和農會推廣股的黃小姐，感情處得不錯；不要再提娟娟的名字，惹他生氣了。」

里長的心往下一沉，有如失足跌入深坑，雙手抓不到任何枝椏，腳下的土地一直往下墜落、墜落……

忽然之間，他像發現一線曙光。「三天前，我還看見阿源和娟娟手攙手，笑嘻嘻地在一起。」

「你準是看錯人。」

「絕對沒有錯。我是看著他們長大的，一舉一動我都很熟悉，還錯得了？」他站起身，走到主人面前。「這杯喜酒我是喝定了！」

主人連連吸菸，慢慢吐出白霧，責怪地說：「你現在來說有什麼用，我們又拿不出五萬聘金。」

「別開玩笑了，金老闆。」里長截斷話頭。「全鎮的人都知道，你一季芒果賺了四十多萬，在農村發了財，跑到街上去買一幢樓房……」

「知道這個就好了；買了房子，哪兒還有錢剩下？」

「對了！」張里長拍手表示同意。「你這樣說，我完全相信。但你知道胡老二是什麼看法？」

「我已很久不關心胡老二的一切了。」

張里長又退回自己的沙發椅上，兩腿絞纏地坐著，覺得自己的交涉非常困難，談話也特別吃力。從進門時起，開始的談判，似乎都沒有獲得絲毫進展。此刻唯有作最後的搏鬥。

「胡代表要我告訴你，」他很嚴肅、很認真地說。「只要你們同意娟娟這門親事，他一塊錢聘禮也不要。」

「胡家怎會這樣慷慨？我不相信。」

理由很簡單嘛，那因為阿源是個有頭腦的青年，改良芒果品種成功，使這一帶三百多家的生活都獲得改善。為了芒果運輸，縣政府要把吊橋改建成水泥橋；為了施肥便利，農林廳已鑿了很多深水井……胡老二家的二甲平地，三甲山坡地，也要種芒果，需要金家的芒果樹苗，和阿源的技術指導。當然，最重要的還是娟娟嫁給阿源，會獲得幸福的家庭生活。

但是，里長不想囉囉嗦嗦說那麼多，只輕描淡寫地說：「娟娟喜歡阿源，非阿源不嫁，胡代表還有什麼辦法不慷慨！」

「有道理，有道理。」金永福頻頻點頭。「但那是孩子們的事，該由孩子們自己作決定。我今兒晚上要把里長的話告訴阿源，要他明兒去跟里長報告。」

客人站起身：「就這樣決定，明天我等你們的好消息！」

張里長辭別主人走出大門，忽然覺得後悔：沒有交代金永福，教阿源明天把芒果樹苗順便帶去。但懊惱了一陣，隨即心胸感到釋然；不用交代，阿源就把樹苗送到他家，才算是今天的談判成功哩！

——原載《中央副刊》

暴風雨中的愛情

李明玲用哆嗦的手旋動門鈕，左旋右轉，門總打不開。忽然想起，這樣夜深，家裡的人都已睡覺，門一定加閂，怎麼會打得開呢？

她的身影被月光貼緊在銀灰色門板上。她退後一步，身影也縮短些。她把左手的白色皮包，夾在右臂，舉起左手食指捺門右旁的電鈴。肌肉和神經彷彿都跟著那「鈴……鈴……」聲顫動。太晚了，回家太晚了。為什麼不早點回來？時間早些，可以悄悄地進門，溜回自己房間，那樣就省去不少麻煩。現在吵醒了全家人，不知明天會鬧成什麼樣子。父親早已禁止她和左學康來往；她也做出不和他來往的態度，今天半夜回家，算是怎麼一回事呢？

實際上，現在才十一點半鐘，並不太遲；但他們關門太早了。平時，她總在九點半前趕到家，那時父親在醫院還沒有回來，即或回來了，他要處理單據啊、金錢啊、帳目啊……沒有多餘的時間來管她。這時間，他一定瞪著兩隻眼，靜靜地躺在客廳沙發上，看到她從外面回來，就會想起她的一切，麻煩就跟著來了。

麻煩的事真多，如果在九點半以前回家，就不會和他發生爭吵，也不會有那麼大的不愉快事發生了。為什麼妳不能下決心早點離開他，真是不讓妳走嗎？不是，是妳願意緊緊跟著他……出了電影院，才九點〇五分。時間不會錯，她是低頭看過腕錶的。他說：「我們逛逛街好嗎？」她說：「不要，不早了，我要回家。」但她沒有走的意思，他彷彿也了解她的想法。他們從鬧市區走到寂靜的街道上，這時，她該提出回家的意見了。沒有，他緊緊地擁著她，問：「妳有點冷嗎？」

「不。」她說。這是夏初了，蟲聲唧唧地叫，螢火蟲滿天飛，不，那是星星在天邊閃爍。她感到內心有股暖流，在潺潺滾動。這時，她不知道自己要什麼，也不知道自己不要什麼。當然不是要加穿衣服。

她緊握著他伸過來的手，沒有講話。她有什麼話好講呢？父親說，妳再和他來往，就不是我的女兒了。他說，妳父親反對我、討厭我嗎？他老人家為什麼要反對我呢？他們的理由說起來都是對的。那麼只有她自己的作法是錯的了。

她又想起父親嚴厲的聲調。「我真的要回家了。」她認真地說。想立刻掙脫他的手，轉身就走。

「不要性急，」他說，「我正有話要和妳談哩！」

但是，他沒有和她談話，仍然默默地走著。她喜歡這樣靜靜地漫步，不願意他開口說那些嚴重的話……妳愛我嗎？我們認識三年多了，妳給我一個明白答覆吧……妳已成年了，父親會阻止得了妳的志願？……什麼事情比得上愛情偉大呢，山川、河流、日月，在愛情的面前，就顯得渺小、黯然無光……那麼多的大道理，聽在她耳裡，她有什麼理由去辯駁。唯有默默地依靠在他身旁，她才感到真正的快樂。希望他今天不和她談那些大道理。

不過，她不敢想，也不願意想，在他片刻沉默之後，他究會說些什麼？此刻，也真希望他們是一對聾啞青年，只用簡單的手勢和平易的表情，來表達自己的心聲，就不用為那些無謂的問題困惑了……

門開了，門燈在開門聲響起時亮了，照射著她的眼睛。她見門旁的人一閃，沒有看清是誰。她生氣地說：「為什麼這樣久才開門？」

「為什麼妳要回來得這麼遲？」門裡的人說。

她嚇了一跳。那不是阿梅說話的腔調。她以為開門的一定是阿梅，所以才粗聲粗氣地說話。現在她已聽出那是父親的聲音。她預先想過，阿梅開門時，她要阿梅瞞著父親。這時，父親親眼看著她，她還好撒謊嗎？

「同學們在一起，很多，他們留著我……」

「不要胡扯了。」父親沒有聽她說下去，轉身向客廳走。說：「跟我來！」

她反身閂了門，然後才拖著鞋跟一步又一步地走向客廳。準備接受教訓吧！父親會從妳能說話起的錯處，一一數說出來。走在大街上吃麵包，數學考試得〇分，站在人面前摸腰帶，和陌生的男孩子說話……等等。要快點結束那漫長的教訓，唯有低頭不語，像是全部聽了，全部悔改了。可是，今天父親的聲調裡雖有氣憤的味道，但不像以往那樣嚴厲逼人。父親的年紀一天比一天大了、老了，脾氣也慢慢變得溫和了，她想。

低頭踏進客廳，忽然覺得屋中的氣氛不一樣，猛抬頭，見靠窗的長沙發上，坐著一個客人。不，門後的沙發上還有一個人。真怪，家裡有客人，父親還要她進客廳，這完全和父親的習慣相反哩！

她退縮了一步，立刻要轉身離開這兒。這機會太好了，一場暴風雨就可以避免掉了。

「不要走啊！小玲。」父親大聲喊 。「來見見夏伯伯、何先生。」

那有什麼辦法呢？只好留下來，任人「宰割」了——不喜歡在生人前露面；尤其是在長輩面前，更有被宰割的感覺，長輩們的年齡不一定很大，但他們總喜歡倚老賣老，評頭論足一番。說得妳渾身起雞皮疙瘩，坐也不是，立也不是。所以，非在不得已的時候，絕不接受「宰割」。看樣子，現在是跑不掉了。

「不錯，挺秀氣，挺苗條。」窗前那個留著短髭的中年人認真地說。「還有福相，宜男相……」怎麼，越說越不像話了。她扭轉脖頸瞪他一眼。他拍著大腿嘻嘻地笑，以為她是向他行注目禮呢！真是天曉得，他一定是老不死的夏伯伯了。

不錯，果然不錯。他又開口了，用左手指著門後的那個人說：「那是何先生。何先生是醫學院的大學生。嘿嘿！明年就畢業了。掛牌，可不得了，嘿嘿！賺錢很多……」

「李小姐！」門後的人突然站了起來，差不多快和她並肩站在一起了。她似乎聽到他的喘息聲，不由得不轉過臉來看看他，要稱他作何先生。

可是，不對勁，一百個不對勁。話到唇邊又吞嚥下去。剎那間，就有許多許多特別的感覺。

第一個感覺，就是他不夠高。他的頭頂像和她的肩膀在一條線上。或許超過那條線，齊她的眉梢，甚至和她一般身材，但她覺得他是矮了半截。他是何先生，何先生的高矮，與妳有什麼關係。所以就產生第一個感覺的相同時間，又冒出了第二個感覺。

不，不正確。或許這個感覺在那個感覺之先。他是醫學的男人。父親是個醫生，他願意自己的兒子念醫學系，自己的女兒嫁醫生。左學康太窮，左學康不是念醫學系的，因此父親禁止妳和他來往，當然，更不容許妳嫁他。這時，夜深了，父親等在客廳裡，要介紹一個念醫的男人給妳。父親荒唐嗎？不，不會。這是他十年、二十年來的志願啊！

父親早就說過，妳為什麼和那窮小子來往呢？怕嫁不到好丈夫嗎？爸爸會找一個做醫生的丈夫給妳，妳還要什麼呢？妳慢慢等著吧！

好了，她等到了，父親幫她找來了一個何先生。他會前後左右追隨著妳，代替左學康的地位。他會變作妳的丈夫，和妳同吃、同坐、同床……妳不能拒絕他。因為他是一個醫生，他是父親心目中的女婿……

她覺得有股力量，從心胸、肋骨處向外撕裂。剎那間，彷彿身體被劈成兩片，一片圍繞在屋內旋轉，一片飛翔在田野、海邊、沙灘上，追逐在左學康的身旁。他在前面低頭慢慢走著，她放開腳步奔跑，但趕不上他，總隔開那麼一段距離。她張開喉嚨喊他——噢！苦悶啊，她發不出聲音，像有幾千斤重的力量壓在她身上，無法掙脫，無法嘶喊。他為什麼不理她呢？難道他還生她的氣？錯處不在她身上，爭吵的事，算全怪他哩！

她真不願想到那不愉快的事，但那灰黑色的影子仍沉重地罩下來……他擁她更緊了，步伐也更慢了。這是一個僻靜的街道，整個世界都是靜靜的，屬於他們的。她覺得胸膛裡有股火焰在燃燒，全身都有癢癢的感覺。這是一種飢渴——愛情的飢渴。他說過有話和她講，但直到現在，他還是沉默不語。為什麼要講話呢？不論講什麼話，都要剪破這甜蜜氣氛。

慢、慢、慢。不能再慢了，他停下來，面對面地站著，擁抱著，一股強烈的男人的氣息。像是酒精、菸草、生髮油各種各樣濃郁氣味的混合體；但她並不討厭——討厭的是他開口說話了。

「妳愛我嗎？」他說，低下頭來，嘴唇貼在她的肩上，肌膚更癢了。

「我不知道。」

「妳真的不愛我嗎？」

「我不知道。」她說，「你為什麼要這樣問？」

「我知道，我知道！」也突然放鬆了她，柔和的聲調，也轉變得暴躁了。「妳不愛我，我知道。我窮，妳和我在一起，只是為了憐憫，好奇，妳結識一個送報紙的大學生作消遣品。」

「為什麼你要這樣想，這樣說？」她全身像被潑了一盆水，壓上一塊冰，渾身肌肉都在戰慄。「剛才還是好好的，一下子就變了。不要再談了，我要回家了。」

「妳要回家？」他的嗓音尖銳起來。「家裡有人等妳嗎？是啊，妳有家，有父親，父親會要妳嫁醫生，父親是醫生，女婿是醫生，兒子也是醫生。醫生會真愛妳嗎？妳現在和我在一起，聽我談話，一定覺得很滑稽。妳是可以抓住我、玩弄我，然後再一腳踢開我……」

「閉嘴吧！」她也生氣了，怒火燃燒著。三年多了，今天她才全部知道他的本性。他是這樣自卑，對她的態度是這樣強橫和無理，她為什麼一直沒有發覺呢？「你瘋了，在這時候要說這樣的話！你一點都不……」

一下子，喉嚨就梗塞了，她無法說下去。她是說他一點都不了解她。她是那樣地愛他，全心全意地愛他。為什麼他一定要從她口中說出來呢？父親老了，和她生活在兩個不同的世界。父親認為賺錢多，物質享受高，就是幸福。她不願在言詞上反對父親的主張。老年人的意見，是不會一下子就改變的。她希望用事實能使父親承認精神生活的偉大。可是，站在她面前的偶像，突然地崩塌了，她將怎麼辦呢？

「我瘋了，我真的瘋了。」他的右臂揮舞著，說：「聽聽妳說的話，就夠我發瘋了。」

「什麼？我說了什麼傷害你的話？」

「妳不會說傷害我的話？」他說，「妳想想看：妳父親為了兒子做醫生，捐二十萬給學校建禮堂，使他從藥劑系轉到醫學系。為了女兒嫁醫生，妳想想看：他會出多少代價？我會是妳父親手下的犧牲品……」

她沒有聽完，就掉轉身跑了。他在她後面喊著，她沒有理睬他。他的話損傷了她的自尊心，她再也不能忍受他的冷嘲熱諷……

然而，現在何先生站在她面前，卑躬屈節地喊她。她怎麼辦呢？

「何先生，」她說：「你在這兒等我等得很久了吧？」

「沒……沒有，一會兒工夫，在談天……」

她舉起白皮包，打了一個迴旋。「你對我這樣長相滿意嗎？」現在她覺得已無法控制自己胸腔中那股頂撞的力量了。忿怒像決堤的湖水奔騰著。她說：「你要和我結婚嗎？」

她看到他哆嗦了一下。不，全場的人臉色都變了。父親從臉上抓下那近視眼鏡，突地站了起來。夏伯伯掛在臉上的得意色彩也褪掉了，張皇地望著她，又回轉頭看她的父親，彷彿在說：「你怎麼管教的？這樣大的女孩，會說出這樣不成體統的話？」

當然，最感到尷尬和不安的，倒是站在她面前的何先生。他兩隻手交互地搓揉著，腰彎得更低了，面孔由紅轉白變青。「我……不知道……不知道妳說什麼？」他結結巴巴地說。

「你不知道嗎？我不相信。」她說，發出一聲冷笑。

「不知道我可以告訴你。許多人在那樣想，甚至於已是那樣做，但卻不願意講。人人都是偽君子。你為什麼要來我家呢？是誰請你來的？」

「小鈴！妳瘋了！」父親拍響桌子。她沒有轉頭看父親，但覺得桌面的眼鏡蹦高了。「當著新來的客人面前胡說八道。妳已長大了，不是孩子了……」

父親真好，還想為她遮蓋一切。在新來的客人面前不能亂說，在舊客人面前就可以亂說嗎？是的，她長大了，但她在孩童時代，也沒有這樣亂說過啊！

夏伯伯也站起來，說：「大小姐一定是疲倦了，妳進去休息吧！」

「不，不。」她說：「我要把這事情弄個明白。不管他要不要娶我，但我絕對不會嫁給他。」

她無法說完想說的話，夏伯伯已走近了她，兩隻手抓著她推向門外。她也不堅持再說下去，因她見父親的臉龐扭曲，已變得非常難看了。

「孩子，有話慢慢說，為什麼這樣性急？」夏伯伯推著她向走廊走。「妳這樣做，使我們大家都下不了台。」

夏伯伯放開了她，她急促喘息著。她不願回自己房間，也不想再進客廳。突然之間，她感到焦急起來。她一直沒有想到自己會在父親面前說這樣的話；但她還是毫不躊躇地說了。他們下不了台，和她無關。父親是講求體面的人，受了這樣打擊，就會非常難過——她為什麼要使父親難過呢？

「……好吧！你們侮辱我，拿我來尋開心，我要和你們算帳！」客廳裡的聲音突然高起來。她聽出那是何先生的破嗓子。「你們家有錢，可是我不在乎。」

「請坐下來，聽我說，」父親的聲調有點抖顫。「小孩沒有母親，平時寵壞了。」

「你家的千金，我不在乎。」他像沒有聽到父親的話，繼續嚷道：「你還以為我討不到太太嗎？」

「不，當然不會。」父親說。

「你們答應我條件，那條件對我有利；才放棄我原來的……」

「是的，我聽夏先生說過。」

「好了，我走了。」何先生說：「現在，不論什麼條件……」

「好，那總好談。」父親的喉嚨呼嚕呼嚕響。

「請坐下來再說。」

可是，何先生跨出客廳，向院子內猛衝。夏伯伯慌了手腳，掉轉身跟著他一面跑一面喊道：「等一等，不要性急，慢慢談啊，一切都有我……」

何先生已拔開門閂，衝出大門。夏伯伯搖搖晃晃地跟在後面，跑著、跳著、叫著……顯出滑稽的樣子。她忽然縱聲大笑，像已忘記一切煩惱。

她父親斜著身子，從客廳跳出，本來要跟在他們後面奔跑，聽到她的笑聲，突然改變了主意。站定了，轉身面向著她。

父親靜靜地注視她，她停止了笑聲。從父親深沉的面色，她可以察覺得出事態的嚴重性。現在她像一個頑皮的孩子，闖下了大禍，有準備接受處罰的心情。

沉默在繼續著。風搖動大門發出「吱吱」聲。客廳內的燈光滑出一個三角形，斜貼在父親的前額上。父親的頭髮烏黑，沒有一根是白的，但臉上的皮都皺了起來，父親確是年老了。矛盾、憤怒、失望、憂鬱……各種心情混合了！為什麼還不發作呢？

「孩子，小玲。」父親嘆氣說：「我一點都不了解妳，妳怎會說出這樣的話？」

想不到父親會用這樣軟弱的話開頭。她料到父親會罵她，甚至於打她——可是用這樣哀憐的語氣，比打罵還使她難過。

「爸！我不知道。」她說，眼皮低垂下來。「我已長大了，這樣大的事，應該先讓我知道，叫我心理上有準備……」她不想說下去，父親不會了解她，說了也沒有用。她怎能把左學康在事前的經過告訴他。左學康把她從熱烈的火焰上，摔下冰窟，再咬她、踢她……因為她是女人，女人在那方面吃了虧，卻想在另一方面報復。不，不是。她根本沒想到這樣做，但她終於做了。這心情父親會懂嗎？她能說得清楚嗎？

「是的，你們都長大了。」父親兩隻手臂絞纏在胸前，緊縮在一起。「把妳哥哥的事做完，剛鬆一口氣。妳的事又使我苦惱。」

「我說過，我長大了。我的事，您可以不管。」

「不管？」父親搖搖頭，說：「不管行嗎？我答應那何先生，一幢房子和開業的全部用具，他才答應來。」

「爸？您是說拿錢買一個——買一個丈夫給我？」

「小玲，小玲，不要說得那樣難聽。」父親雙手亂搖。「那是一種條件。妳要知道：找一個醫生多困難——」

「我不要醫生，我不要嫁給醫生。」她忽然想起那姓何的滿口「條件」了。他是為了錢才來「相親」。為了錢：他會假裝著愛我。有一天，他賺了很多錢；去拿錢買更多的女人，更多的愛情。父親要拿一個模子，把她和她的哥哥塑成一個類型。哥哥做醫生，而她做另一個醫生的太太。難道父親心目中，除了醫生就沒有旁人了嗎？

「你是為了那姓左的小子，才不要嫁給醫生嗎？」

「是的，是的。我要嫁給左學康！」她說得很認真。

「那妳就錯了。」父親顯出得意的神情：「上午我和他談過，他是個傻瓜。我給他一筆很大的數目，教他不和妳來往。他不要錢，也不要和妳結婚，妳還希望他什麼呢？」

她打了一個冷顫。這才完全明白了。左學康不要父親的錢，只要她這顆心；她為什麼不告訴他，她是真正地愛他呢？

一個箭步，她便向大門衝去。跳出門口，還聽到父親幽幽地說：「小玲，不要性急，妳有這麼好的條件，何先生走不了，爸爸明天會找夏伯伯勸他回頭的……」

——原載《中華副刊》

特載

既「新」而又不怪異的作品

——談蔡文甫的小說集《舞會》

符兆祥

《舞會》，以這兩個字為書名，我覺得實在委屈了這本書的分量。這本集子一共收集了十二篇小說，《舞會》在本書中並不是最出色的，連題目都顯得平凡一點，為什麼用這篇做書名？難道是向通俗低頭？

封底的簡介雖然這樣寫：「題材、型式和技巧均各個不同……」然而我的看法是蔡文甫的小說多數給人一種灰濛濛，陰沉沉卻有無可奈何的感觸，令人讀起來十分沉重（《蔡文甫自選集》裡二十篇小說更幾乎篇篇如此）。

可是如果就因此把他的作品劃歸為「灰色」，那就錯了，人生本來就有陰暗面，作品給不給人灰色的感覺，全在作者的才情、氣質，以及讀者領會的程度。

讀蔡文甫的作品，至少要達到對「灰色」有免疫力的程度，才懂得欣賞。換言之，要在人生閱歷上稍稍深入的才有那份領悟與了解，「不識愁滋味偏說愁」的中小學生之流是不會有興趣的。

因此，儘管蔡文甫也描寫墮落、拜金、外遇、離異，問題少年，招搖撞騙等等社會眾生相，但，卻賦予高超的技巧與深度的刻畫，絕不是低俗、粗糙、浮淺或「賺人眼淚」的，當然也絕不屬於「不健康」一類。

〈斜分的方塊〉則以短暫的時間——結婚典禮；狹窄的空間——結婚禮堂，以四個人不同的心思過程，去交代一個屬於現代錯綜複雜的婚姻。

以四個人的心境貫串整個婚變事件的始末，這一篇所表現的在寫作技巧與故事性，內涵稍為薄弱了些。

〈寒流的暖流〉的筆法，也是用回憶與現實的互相交錯發展，文中主角孫悅華，由於自己的被同學誤解，因而領悟到自己以前以母親為恥的悔恨心理。

〈狂亂的舞曲〉仍以刻畫人性為主，主角或者迷惑，或者執著，或者遊移，時而用第一人稱化進主要人物的意識，時而用第三人稱，推展故事的延續。如果讀者沒有耐心，將不知作者的意圖為何，這類文章，在工業社會的今天，不屬於「大眾化」的，而是屬於研究小說藝術的人所探討的。

〈保密〉、〈舞會〉、〈芒果樹下〉著重在「高潮迭起」上，應該是較符合一般人的口味，尤其具有令讀者滿意的「結局」，使這本集子不至於整本都給人以沉重感，不過，與其他各篇相較，在分量上則略為遜色了些。

哀。

〈一根繩子〉全篇雖嫌平鋪直敘，但諷刺得不慍不火，恰到好處，令人感到有趣卻又悲哀。

近年來，有許多作者意圖以標新立異，甚至詆譭人性來表現「前衛」或「深度」，胡亂變更語法、句法，自以為「進步」，其實拆開來分析，除了性、叛逆、髒話就一無所有。《舞會》則是一本既「新」而又不怪異，有內涵而又不板著衛道的面孔，這類作品現在已不太多。

——原載八十六年二月十三日《大華晚報》

・本文作者符兆祥先生，現任「世界華文作家協會」祕書長。著有小說《故鄉之歌》、《粉雨》等，散文《咕咕哩哩——我在巴拉圭》，傳記《葉公超傳》。

蔡文甫作品一覽表

書名	性質	出版社	出版日期
解凍的時候	短篇小說	香港：東方文學社	一九六三年九月
		台北：九歌出版社	一九八〇年一月
		（改精裝）	二〇〇八年三月
女生宿舍	短篇小說	馬來西亞：曙光出版社	一九六四年一月
		台北：九歌出版社	一九八二年二月
		（改開本）	二〇〇二年八月
		（改精裝）	二〇〇八年十二月
沒有觀眾的舞台	短篇小說	台北：文星書店	一九六五年七月
		台北：九歌出版社	一九八〇年七月
飄走的瓣式球	短篇小說	台中：光啟出版社	一九六六年八月

愛的迴旋（改名）		台北：九歌出版社	一九八三年七月
		恢復原名（精裝）	二〇〇九年三月
雨夜的月亮	長篇小說	台北：皇冠出版社	一九六七年八月
		台北：九歌出版社	一九七九年七月
		（改開本）	二〇〇二年六月
		（改精裝）	二〇〇九年十一月
	英譯本	美國：詹姆士出版社	一九九九年八月
霧中雲霓	短篇小說	台北：仙人掌出版社	一九六九年十一月
		台北：九歌出版社	一九八二年三月
		（改精裝）	二〇一〇年五月
磁石女神	短篇小說	台北：廣文書局	一九六九年十一月
		台北：九歌出版社	一九八七年十月
		（改精裝）	二〇一〇年十月
玲玲的畫像	中篇小說	台北：世界文物出版社	一九七二年九月

		台北：九歌出版社	一九八五年八月
		（改精裝）	二〇一一年三月
移愛記	短篇小說	台北：學生書局	一九七三年三月
		台北：九歌出版社	一九八四年七月
		（改精裝）	二〇一一年一月
蔡文甫自選集	短篇小說	台北：黎明文化公司	一九七五年五月
舞　會	短篇小說	台北：華欣文化中心	一九七六年五月
		台北：九歌出版社	一九七六年五月
		（改精裝）	二〇一二年五月
變調的喇叭	小小說	台北：源成文物供應中心	一九七七年二月
變奏的戀曲	小小說	台北：九歌出版社	一九九一年十月
		（原名變調的喇叭）	
愛的泉源	長篇小說	台北：華欣文化中心	一九七八年三月
		台北：九歌出版社	一九九五年四月

船夫和猴子　短篇小說　台北：九歌出版社　一九九四年十一月
英譯本　美國：詹姆士出版社　一九九四年十一月
（本書改為中英對照，分為下列二冊）
船夫和猴子（中英對照）　台北：九歌出版社　二〇〇九年九月
小飯店裡的故事（中英對照）　台北：九歌出版社　二〇〇九年十月
李冰鬥河神　兒童故事　台北：九歌出版社　二〇一〇年一月
火牛陣　兒童故事　台北：九歌出版社　二〇一〇年二月
（上列二書是《中國名人故事》改編）
天生的凡夫俗子　傳記　台北：九歌出版社　二〇〇二年十月
——從0到9的九歌傳奇　二〇〇五年九月增訂
人性的解讀　評論　台北：九歌出版社　二〇一一年八月
——蔡文甫小說研究
閃亮的生命（編）　台北：九歌出版社　一九七八年三月

閃亮的生命散文選（編）　台北：九歌出版社　一九七八年十月
阿喜阿喜壞學生（編）兒童故事　台北：九歌出版社　一九八九年七月
找對醫生看對病　醫學常識（與丁華華合編）　台北：健行出版社　一九九四年六月

蔡文甫作品集 10

舞會

作者　蔡文甫
發行人　蔡文甫
出版發行　九歌出版社有限公司
臺北市105八德路3段12巷57弄40號
電話／02-25776564・傳真／02-25789205
郵政劃撥／0112295-1
九歌文學網　www.chiuko.com.tw
印刷　晨捷印製股份有限公司
法律顧問　龍躍天律師・蕭雄淋律師・董安丹律師
初版　1976（民國65）年5月
增訂新版　2012（民國101）年5月
定價　260元

書號　0110910
ISBN　978-957-444-827-2
（缺頁、破損或裝訂錯誤，請寄回本公司更換）